父、芹沢光治良、その愛

野沢朝子 著

明窓出版

はじめに

父、芹沢光治良がなくなって七年後、私が八十歳の時に、元気でいる今、父への感謝を残しておきたいと思って『山荘』を出版し、父を知っている方々に読んで頂きました。

その五年後に、丈夫ではなかった私がここまで生かして頂いたことは、偶然ではなく何かに支えられてきたことに気づき、『導かれるままに』を纏めることで、歩いた道を振り返りました。

『導かれるままに』は思いがけない方々が読んでくださいましたが、この本を出版することには勇気が必要でした。ぎりぎりまで迷っていました。出版を決心できたのは、その頃にある方にお会いしたからでした。その方は生前の父に会っておられ、ふしぎなことに、父からのメッセージを取り次いでくださいました。浄土真宗西念寺の住職、井手《いで》恵《さとし》様です。『こころのシルクロード』というご本を出版されていますが、イタリア人神父との興味ある往復書簡を交されたり、ユニークな活動をなさってこられました。幅広い宗教観を持っていらっしゃいます。

『導かれるままに』は、住職様に背中を押されて出版する決心がつきました。

この度、この住職様のお力添えがあって、『山荘』と『導かれるままに』の二冊を一冊に纏めて出版するという運びになりました。

令和二年一月、九十歳の誕生日の数日前に、突然この企画について電話を戴きました。本のことは忘れて暮らしていましたので、とても驚きました。そのようなことが起こると考えたことがありませんでしたが、瞬間、天からの卒寿のお祝いのプレゼントなのかしら、と嬉しさがこみ上げてきました。しかし冷静になった時、怖くなりました。冒険のできない小心者の私が、何千人もの方に自分の書いた物を、買って読んで頂くという現実を考えてみました。考えているうちに、自分の気持ちがはっきりしてきました。読んで頂けるチャンスを与えて頂いた幸せに素直に感謝して、流れるままに委ねていこうと思いました。『父、芹沢光治良、その愛』の出版が決まりました。

生前の父は、思いがけないことがあった時「だから生きているのは面白い」とよく申しました。今この文をしたためながら、父がそう云いながらほほえむ顔が浮かんでまいります。

世間からは超高齢者として扱われていますが、まだまだできることでこの幸せに報いていかなければと思います。

父、芹沢光治良、その愛 ―目次―

はじめに …… 3

山荘

はじめに――病みてよりこころ弱りて山荘に
父の香のこる机待ちてあり …… 12

I

1 空見上げ暗き夜道はとめどなく 東京逃れよくぞ歩きぬ …… 14
2 娘《こ》ら四人飢ゑたる日々の戦の日 いかに耐へしや吾《あ》の父母 …… 19

3　あたたかき父の手添ふる病床に　もみぢ燃え立ち吾はめざむる　22
4　山を下り共に生きなむ茶室から　肩を寄せ合ひ明日にむかひて　25
5　大自然の深き青葉に抱かれて　心なごみて遠き日思ふ　……　27
6　ほがらかにあかるく動く姉なりき　幸せうすく世を去りにけり　31
7　元旦に突然羽ばたき飛立ちぬ　歌に送られエンゼルに守られて　36
8　わが姉の命ながらへ生くるとも
満ち足らぬまま耐へて生きなむ　……　40
9　意思強き友のえらびた人生は　世俗はなれて神一筋に　……　41
10　あの日から頼り頼られ慎ましく　初心忘れずわが家築きぬ　……　47
11　休みなく働きつづけ逝きし夫《つま》　老いて楽しむゆとり知らずに……　50
12　娘《こ》の奏すバイオリンの曲に拍手なる　胸に沁み入る忘我の余韻　52

13　わが娘《こ》への譲れぬ愛にかたくなな
悲しきバトルよくぞ越えたる……57
14　純粋な童女のごとき母なりき　家族を愛し縁のした支ふ……62
15　美しき天の調べに包まれて　実相の世界よりもどらぬ父……66
16　きよらなる山荘丸ごとわが宝　緑溢れて吾を迎ふる……69
17　死ぬ日まで煙草求めしわが夫《つま》と　諍《あらそ》ひし日の悔いを残しぬ……75

II

祈り……83
感謝……86
頑張って！……87

大切に生きよう……90
颪よ……93
弱きもの……96
おわりに……100

導かれるままに

はじめに……104
1　神をめぐって……109
2　播州の親さま……116
おたすけ……119
戦争を経て……124

人が神　126
晩年——朝日神社　129
播州の親さまと天理教　134
親さまの教え　141

3　存命のおやさま　144
チベット　155

4　聖母マリアさま　166
グアダルーペ寺院——褐色の聖母マリア　170
奇蹟のメダル——愛徳姉妹会聖堂　176
ルルド　179
ヌベール　185
ファチマ　187

秋田の催涙された聖母像 …… 194
聖母マリアの家 …… 198
聖母マリアのチントーラ …… 200
5 聖母アンマのダルシャン …… 201
6 母なるものに支えられて …… 212
7 宗教について …… 216
8 死について …… 220
9 晩年の父 …… 225
10 『芹沢光治良戦中戦後日記』 …… 231
あとがき …… 236
おわりに …… 243
娘に 芹沢光治良 …… 245

山荘

初出版　二〇一〇年一月二十日

はじめに

病みてよりこころ弱りて山荘に
父の香のこる机待ちてあり

七十九歳だったときの父を思いながら、現在七十九歳の私は、軽井沢の山荘で書斎の机に向かい、父のように腰掛けて太い樹木の幹に目をとめている。

去年、つまり二〇〇八年、山荘で藤の蔓を取り除いていて蔓が跳ね返り枝にあたって、折れて落ちてきた枝で右目を傷付け、角膜損傷で十日間入院した。八月のことだった。今年に入って帯状疱疹に苦しみ、続いて乳癌の手術を受けた。

思えば終戦の年にこの軽井沢で死んでいたかもしれない身を、父の献身的な看病と祈りによって臨死から救われて以来六十四年、走りすぎた年月であった。この六十四年間、病気と縁遠く元気にやってこられたのは、それまで弱かった私には不思議な守護に思われる。それなのにこの一年間は事故や病気が続いて、鈍感に生きてきた私にも感じるものがあった。残りの時間にしなければならないことがあるだろう、これでもかこれでもかと病気によって促されているように思えた。

後期高齢者として扱われる身に、いったい何ができるのだろうか。人を喜ばせ、明るく楽しく生き、裏切った人を許そうとは思う。だがそれは、いまさら改めてするほどのことではない。一体、私は何をしたらいいのだろうか。

あれやこれや、のらりくらりと考えながら日が過ぎていった。

夏がきて山荘に落ち着き、父の座っていた椅子に腰掛け、ぼんやり樹木を見ていたある日、思いついた。父への思いを自分一人の胸にしまい込んでおかないで、まだ忘れていないことを、ここ軽井沢で書いておこうか。

父について評論や研究を地道に書いてくださった方々もいらっしゃるのに、身近にいた者が、家族しか知らない父の素顔を自分一人の胸に納めていていいのだろうか。つたなくても娘から見た一人の父親の一端を書くことで使命の一つが果たせるかもしれない。そう考えて、父についての思い出を綴ることにした。もしずっと元気に過ぎていたら、のんびり生きる快さに、その日その日が何をするともなく過ぎていったに違いない。

一九四四年頃からのことを、それ以前のことも書き込みながら、振り返ってみたいと思う。

I

1

空見上げ暗き夜道はとめどなく
東京逃れよくぞ歩きぬ

一九四四年、十四歳の私は、白百合高等女学校の学生だった。大東亜戦争が激しくなるにつれ、麹町の学校には通わなくなり、そのかわり日本橋のフジクラという落下傘をつくる会社に、女子動員学徒としてセーラー服ともんぺ姿で通っていた。明るい青空の色をした、手ざわりの柔らかな薄い大きな布に仕付けをかける者、ミシンをかける者などいくつかの部署に分けられ、ベテランの工員のもとで終日、落下傘を縫っていた。

空襲も激しくなり、日本橋という東京の中心に通うことは両親には心配の種になっていた。実際、雪の日に昼間の空襲で線路に被害が出たために電車が止まって、線路の上を歩いて帰った夜があった。私と同じように東中野から通っていた友人が幾人もいたので励まし合ってやっと帰れたが、そんなふうに何が起きるかもわからない日常がわが少女時代であった。泣きながら遅く帰ったその晩、青ざめている父の顔を見て、いたたまれない気持ちで待っていたのだと察した。そういうときに、すぐ顔に表れる父であった。体が温まり、やっとその日のことを報告し終わると、

「もう行くことはない」

父は一言言った。

やがてフジクラも空爆され、工場が学校のなかに移った。私たちは落下傘を縫い続けて、それからも勉強をすることはなかった。

春を待たずに母と妹たちが疎開していき、姉も遅れて軽井沢に行った。連日空襲警報が流れるようになった東京に、最後まで残っていたのは父と私であった。

ある夜、また空襲があった。外の気配もただならぬ様子で、

「安全な場所に退避！　早く退避！」

警防団員の呼びかけに、

「早く、早く」

と父にせき立てられて家の防空壕に入ったものの、パチパチという火のはじける音と昼間のような明るさに危険を感じた。近辺の家々は既に人の気配がなく、私たちも華州園と呼んでいた小高い丘に急いで避難した。

大勢の人がしゃがんで、真っ赤に染まった空を不安げに見つめていた。父は防空頭巾を被って、配給の砂糖の入った缶と、大きな夏ミカンが二個入ったバケツをさげていた。私はといえば、寝ていたところを起こされて枕を抱えていたので、座った二人はお互いの持っているものを見て苦笑したのだったが、そのときの父の柔らかな表情をよく覚えている。

熱気を帯びた風に火の粉が舞って、炎が燃え上がる音を聞きながら、家が焼け落ちるのも間もなくかと諦めの気持ちがわいて、話す気力も失せていった。

「ちょうどいい。これでも食べていようか」

落ち着かせるように夏ミカンをむいて渡してくれた父の、そういうときもユーモアのある動作が、どんなになごませてくれたことか。家が焼けてしまうかもしれないというのに。

どのくらいたったのか、空も静かになり、家のあたりも焼けなかったとわかった。帰り道に近くの三階建ての家の方に誘われて、屋上から周辺を見せていただいた。ところどころまだ燃えて

いる東京の、見渡す空は真っ赤に映えていた。私たちはたくさんの人々が焼け出されたことを嘆いたが、一方で、

「なんて美しい赤い空」

と誰言うともなく眩く声が聞こえた。空全体が真っ赤な夕焼けのように広がっていた。赤い夜空は、あのとき一度限りの、脳裏に焼き付いた美しい映像であった。

そんなことがあって間もなく、神田から東中野に疎開してもいいという知人があったので、留守番を頼んで私と父も軽井沢へ出発したのであった。一九四五年（昭和二十年）四月の終わりだったと思う。

その頃には汽車に乗るのも大変になっていて、行くと決めても簡単ではなかった。どうやって沓掛《くつかけ》（いまは中軽井沢となった）まで行ったのか、どなたかの車で行ったような気もするが、混んだ汽車の通路にずっとしゃがんでいて窓からおろされたような記憶もある。どちらだったのだろうか。

やっと沓掛に着いても、そこからバスもなくなっていて、自分の足でしか移動できない。真夜中に沓掛から星野の山の上まで歩いたが、いまは車で五分や六分で行かれるところなのに、歩いても歩いても山が見えない。灯火管制のため沓掛の町は真っ暗、それでも町中は道がわかるが、森にかかると道も見えなくなった。父が、

「空を見上げて歩くんだよ」

と言う。なるほど、見上げて歩くと木立の連なりがわかり、星も見えてきて、歩く道が判断できる。それもつかの間のこと、疲れていたので少しでも早く行こう、と大回りの通りを避けて崖にある獣道に踏み込んだら、空を見上げてもわかりにくくなり、四つん這いになりながらようやくわが山荘についたのであった。

私は小諸高等女学校に転校したために、沓掛の駅から家までの二キロあるこの道を、それから半年程も往復歩くことになった。当時は靴も手に入らなくなっており、下駄を履いて通っていた。疎開者の一人に、皇族の親族にあたる人がいた。この友人の足元を見た大人の、

「あの方があんなにちびた下駄を履いておいたわしい」

という囁きを聞いたが、物資が不足していて、特別と思われる方でも耐えるしかない状況だった。

こうして私たち一家の疎開生活は続き、ここ軽井沢の家で終戦の詔勅を聞くまで、

「欲しがりません、勝つまでは」

「鬼畜米英」

と叩き込まれて、なすすべもなく戦争に巻き込まれていった。

2

娘《こ》ら四人飢ゑたる日々の戦の日
いかに耐へしや吾《あ》の父母

軽井沢にいれば、あの疎開中の貧しさがいつも心の奥底にたたみ込まれていて、どんなに観光化され便利になって、おいしい物があふれていても、原点の映像は忘れることはない。

平和主義者であった父にはつらく生き難く、身を潜めて暮らすしかなかった。

当時、商店は売るものがなくて戸を閉ざし、お金があったとしても買うものがない。お金のある人が買えないのは、収入がなくなった私たち家族にとっては貧しさを感じないでよかったかもしれない。買うことができないので、この土地の人たちは物を欲しがった。情報の時代のいまは、都会も地方も考え方や暮らし方もそれほどの差はないけれど、一九四五年頃の日本は、土地の人と疎開者と呼ばれた都会の人とははっきり区別されて、土地に根づいた人に頼らなければ生きていかれなかった。野菜や米と引き換えに、着物や雑貨を渡す「物々交換」でしか食べるものを得られなかった。

私たち家族六人分の食料調達は、愛嬌のいい長女万里子が引き受けていた。ふくよかでがっしりしていた丈夫な姉は、大きなリュックサックを背負ってこの役割をニコニコと果たした。土地の人と仲良くなって、渡す物資よりもたくさんの野菜をもらってくる。我が家の大黒柱のようであった。それでも食べるものは足らず、ときには父もリュックを背負って、姉と買い出しにいった。平和な時代に履いていたゴルフのニッカポッカズボンやゲートルを身につけていた。

父はスイスで療養生活を送っていたことがあるのだが、それ以来の習慣だった午後の休息もままならなくなっていた。もし昼間から悠々長椅子に寝そべっている父を見たら、どんな嫌みを浴びせられたか。戦時中はそういうことがしょっちゅうあった。

ある夕方、重いリュックを背負って帰ってきた父が、母に文句を言ったことがあった。その日弁当を持って出かけた父が、蓋を開けると（麦ご飯だったのだろうか、芋ご飯だったのだろうか）中身が寄って、大きく隙間が空いていた。

食べる物が少ないのだから、お櫃の中身と相談すれば、母は弁当箱にぎゅうぎゅう中身を詰めるわけにはいかなかった。ふんわり品よく詰めた弁当は、歩き、汽車に揺られて、寄ってしまったのだろう。

「おなかがすいて、買い出しにいっても歩く元気も出ない」

怒ったことがない父の、珍しい怒りであった。その雰囲気のたまらないつらさを、結城紬でつくったもんぺを着たそのときの母の姿とともに浮かんで、六十四年たっても忘れることができないでいる。

疎開するまでの母は、女中二、三人に助けられて、家事などしたこともない。不自由を知らない奥様であった。戦争は、私たちからそれまでの生活すべてを奪っていった。おそらく母が自分でご飯を炊くようになって何カ月もたっていなかった頃のことだ。弁当箱のご飯が寄ることも、母は気づかなかったのではないかと思う。

母の驚きと悲しさを思うといまになってもつらくなるし、食べ物への文句という、自分のいちばん嫌いなことを言わなければならなかった父を、飽食のいま悲しく思い出す。

きれい好きで、ぼたもちが食べられない父であった。手をきちんと洗ってつくったのだろうかと思うと食べられない、と言っていた。その父が家族のために畑を耕し、汲み取った汚物に水を加えて肥料にして、畑に運んではかけていた。そんな努力をしても火山灰の土地なので、収穫をするのはむずかしかった。

いまになると、私でさえ本当にあったことだったのかと信じ難い思いがするが、生きるために必死な毎日であった。いつもお腹がすいていた。

貧しさを埋め合わせるように、父は私たちに夢のある話をしてくれた。つらい話もユーモアでカバーして話し、ボーイソプラノかと思う高い声で賛美歌を歌ってくれたこともあった。父を懐かしくありがたく思う。

3

あたたかき父の手添ふる病床に
もみぢ燃え立ち吾はめざむる

縁側の障子を閉めた八畳が私の病室であった。ある日障子が真っ赤に燃えて、

「火事だあ」

と叫んだ自分の声に驚いて目が覚めた。

「板屋明月」という、紅葉の美しい大きなもみじの木が見事に赤くなって、縁側の前で揺れていた。


八月十五日に終戦を迎えたものの食料事情は改善されず、アメリカ兵上陸による数々の流言飛語やこれからの生活のことで不安だらけで、人びとはもみじの紅葉に目を留めるゆとりはなかった。

わが家では私が大病を患ったために、移りゆく季節も関係なく過ぎていた。意識不明が幾日も続いていた。その間に私は臨死体験をして、亡き祖母が川の向こうで手を振っている、夢とも現実ともわからない映像を見ていた。川を渡りそうな私を、もみじが燃えて、私の意識をこの世に

戻してくれた。父の祈りに対して、このような形で大自然が応えてくれたように思える。

実際、「板屋明月」がてっぺんから裾まで紅葉した姿は、この山の王のように神々しく美しい。いちばん美しいときに、障子は陽に映え真っ赤に染まって、眠り続けていた私の目にも映り、火事と勘違いしてびっくりして意識が戻ったのだった。

避暑で使っていた山荘なので、わが家のもみじがこれほど美しく紅葉するのを知らなかった。父は生涯に何度この美しい紅葉を見たのだろうか。

平和になってから、私は紅葉を見るために、毎年十月末から十一月初めには必ず山荘にやってくる。私にとって「板屋明月」は、私が病気だったときの父の優しい掌と同様に、命の恩人のように思える。

勝つと思い込まされて、勤労動員学徒として国に酷使された少女にとって、終戦は身も心も箍《たが》が外れたような打撃であった。

やっと手に入った椰子の油で揚げた、ごちそうのはずの天ぷらにあたって、その夜トイレの前で倒れていた。栄養失調に過労の重なった体は椰子の油を受けつけられず、余病から高熱が幾日も下がらないでいた。

意識が戻ってからは、いつ目を開けても父が目に入る。枕元に座っているときもあれば、私の脇に手枕で横になって体を撫でてくれているときもあった。死虱といったそうだが、病人の髪につく虱に気付いてからは、きれい好きの父が、娘の病と戦うように枕元から離れず、親指の爪で一匹ずつ殺していた。父の両手の親指の爪の先は、虱が吸った私の血で染まるほどであった。

「今日は〇匹殺しましたよ」

父はゲームで点数をとったかのように、満足そうな顔で毎日私に報告する。

枕元では賛美歌をよく歌ってくれた。いつ、どこで覚えたのか、父の賛美歌は神への感謝のように聞こえたものだった。私は父さえいればどんな困難も突破できるような励ましを、病気をしてからいっそう感じていた。優しいかけがえのない父であった。

間もなく歩行練習が始まると、手を取って庭を歩いてくれたのも父であった。痩せて衰弱していた私は、立ち上がるのさえ父がいなければできなかった。父がいなければ気力も出なくて立ち上がれないのだ。父がいなかったら、あのときに私は死んでいた。

軽井沢でともに苦しい疎開時代を生き抜いた隣の小山の叔母が、生前当時の苦労話をしたときに、

「あなたが病気のとき、本当にお父さまがよく看病なさってね。それは大変なことでしたよ」

とつくづく言って、あの頃のことは忘れられないと話したのを思い出す。

私の体力をつけるために、卵を産むのを期待して一羽の雌鶏を飼ったこともあった。やせ細った鶏は家の長い廊下をトコトコ歩くだけで、とうとう卵を一個も産まなかった。鶏も栄養失調だっ

たのかもしれない。

軽井沢の冬は寒かった。夏の別荘用の家なのでガラス戸もない。火燵《こたつ》の上で父のインクは凍り、いまのようなボールペンもないために字を書くことさえ容易ではなかった。

近所中の人が私のことを死ぬと思い込んでいたと後に聞かされたが、あの戦後の物のない時代だったのに、元気になった。生かされたのだと思っている。

4

山を下り共に生きなむ茶室から
肩を寄せ合ひ明日にむかひて

空襲で家を焼失した私たちは、込み入ったいきさつがあって、一九四五年十二月になって突然、麻布のスイス公使館の裏にある近藤男爵所有の茶室に住むことになった。軽井沢は既に真冬であった。

茶室で暮らしたのは、借りてあった三宿の家に移るまでの二週間ほどだったと思うが、山から突如都会にやってきたカルチャーショックと、新生活への期待に家族はそれぞれ張り切っていた。

軽井沢の寒さを経験していたので、寒さを感じないのもうれしかった。

茶室といっても思っていたよりも広くて、品よく落ち着いたお座敷であった。煮炊きも、食事のたびに小さな出入り口の外に焜炉《こんろ》を出して、うちわで扇ぎながら火をおこすのだが、いつもなかなか火がつかない。台所がなかったので、母が玄関先で野菜を刻んでいた。母にはどんなに不自由な日々であったことか。トイレも外にあったし、不便きわまりない原始的な生活だったのに、ままごと的な面白さもあって私たち一家は陽気に乗り切った。

若くして亡くなった姉も元気で、ガレージに置かれたピアノを弾いて、ピアニストになりたいと励んでいた。私も白百合高等学校に復学し、家族六人元気に揃っていた。

不便でも貧しくても、よくなる希望にあふれていた。スイス公使館の脇を通り抜けて風流な潜り戸をくぐると、常緑樹の間に茶室があった。そこは小さなユートピアのように思えた。

三宿に移ってからしばらくして姉が嫁ぎ、そして私も嫁ぎ、やがて妹たちが留学と散り散りになっていくことを思うと、両親にとっても娘たちとのかけがえのない明け暮れだった。不便な生活だったからこそ、お互いに助け合う気持ちがあった。

闇市を見つけてきた父は、いろいろな物が売られているさまを、得意の話術で報告してくれた。

「栄養補給できるよ。山とは違うねー」

と翌日私を連れて案内してくれた。ごたごたと地べたに衣料品や食べ物を並べて、なるほどスルメや鰯、砂糖なども目につき、椅子を二、三脚並べたところでうどんを食べている人もいた。どの人もよれよれの疲れた服装だった。栄養補給とはいっても上等な物は高くて買えず、父はよく目刺しを買っていた。目刺しでさえ軽井沢では見たこともなかったし、食料品が並んで売られていること自体が珍しかった。

こうして茶室での生活が戦後の出発となった。父がいつも一緒に行動して家族の核となってくれていたから、ユートピアのように思い出されるのだろう。

三宿に移ってからの父は、新円切り替えもあったし、焼け出された家族の再起のために仕事をしなければならなかった。幸せにも原稿の依頼が重なり、「書くことは生きること」を実践する忙しい日々になっていった。

5

大自然の深き青葉に抱かれて
　　心なごみて遠き日思ふ

私は幼稚園からの十一年間を白百合で学び、戦後復学したが大病していたので、三宿から九段までの通学には体力が続かなかった。当時の玉電（三宿から渋谷）は人があふれてギュウギュウ詰めだったので、何台も乗れないことがあった。また、数学が難しくて全くわからない。疎開から戻ってくるのが遅かったので、その間に学友の勉強は進んでいた。学徒動員で基礎の勉強をしていないこともあって、ついていけないと思った。

女学校は五年制だったが、その年は希望者は四年で卒業できることになった。迷わず四年で卒業して、歩いて通える昭和女子大学（当時は日本女子専門学校）国語科にいこうと願書を出した。学校が近いことと、数学から逃れたいと痛切に思ったためだ。

白百合とは違って、昭和では半分以上が地方出身で、個性的な人が多かった。宗教的なバックがある白百合とは感じがまるで違っていた。教授陣にも恵まれたので、戦争中に勉強をできなかった私には張り合いがある学生生活だった。行動的な人が多く、地方出身で寮に入っている人が歩いてこられる場所にある私の家には、友人が気軽にくることがあった。

一九四七、八年頃には、学徒出陣していた鳩たち[1]も戻り、父を訪ねてくるようになった。

ある夏、軽井沢星野の家に近い貸別荘を、鳩たち数人で借りて勉強していたことがあった。当番で自炊して、分野の違う勉強をそれぞれがしていた。山荘から三、四分のところだったので、何かあると立ち寄ったり、父と散歩したり、平和な時代がきたのを享受しているかのようだった。

母は疎開生活の苦労を思い出したくないのか、

「虫が多いから行きたくない」

と、毎年暑い東京を離れなかった。母は戦後になって、冬に山を下りてから、一度も軽井沢には行かなかった。いつも父が家にいる生活なので、夏は気ままな自分のバカンスと決めていたようなところがあった。母親っ子の妹・文子が東京に残って一緒に留守番をすることになる。軽井沢にくるのは父と私が多かった。

昭和女子大学では、夏休みに山ほど宿題を出された。軽井沢にいると私は父の食事も作らなければならないため、何かと暇がなく、鳩の一人に宿題の一つを頼んでやってもらったことがある。優れたできばえではバレてしまうと、細工したりもしたものだった。

父は、この夏の経験を作品にちらほら投入している。小説『春の谷間』の主人公のモデルも、その貸別荘に突然訪れた才女だったが、静かな勉強生活にいろいろな波紋を投げかけた。後に彼女は芹沢ユリアとして、ウイン・フィルハーモニー交響楽団関係の翻訳本を何冊も出し、独協大学で教鞭をとった。昨年（二〇〇八年）急逝した。鳩たちのなかにも亡くなった方もあり、元気な方もすでに米寿近くになっているだろう。もう書いても時効だと許していただけるだろう。

そろそろ軽井沢を引き揚げるという頃に、台風がきたことがある。私はときどき鳩たちに招待されることがあったが、その台風の日も、彼らのところで夕食をとって、トランプやゲームに興じていた。近くにいる白百合時代の友人も一緒だった。その友人は遊ぶのがじょうずだったので、つい時間が過ぎてしまった。停電してしまったので蝋燭をつけて、勉強ができないのをいいことに遊び続けていた。

それると思っていた台風が近づき、気が付いたときには激しい風雨の音に加えてときどき物が雨戸に強く当たる音もして、外に出られる状態ではなくなった。帰れないから仕方がないと、一晩中トランプをして笑い合って時がたつのも気にならなかった。

朝を迎えたとき、外は静かになっていた。

「送っていく」

と言ってくれた鳩の一人と外に出て驚いた。大きな落葉松が道をふさいで倒れていた。家まで三、四分のわずかな距離に大木が転がり、枝が飛び散り、なんということのなかった風景が台風のすさまじさに圧倒される景色に変わっていた。あのような台風は軽井沢では珍しい。

家に入ると、一晩中寝なかった父が呆然と茶の間に座っていた。蝋燭の横にマッチ箱が二箱からになって、燃えた軸が山のようになっていた。鳩のなかで私がどんな扱いを受けているのか、一晩中イライラと想像して、マッチを擦っては時間を見ていたらしい。

「大丈夫よ、ますみちゃんも一緒なんだから」

鳩はみんな紳士だから大丈夫。それを父はよく承知していても、台風のすさまじい音を聞きながら心配していたのだろう。いまなら携帯電話という便利なものがあるが、当時はまだ電話も軽井沢の家にはなかった。何も言わない父に、悪いことをしたなあと思った。

ぺったりと座って疲れ果てた父の和服の後ろ姿を、あれから六十年以上たっているその軽井沢で、激しい雨音を聞きながら思い出している。

注

(1) 鳩
戦前、父の書斎に集まった一高、東大などの学生たち。学徒出陣で次々に出征していった。生還を願って父は鳩たちといった。

6

ほがらかにあかるく動く姉なりき
　幸せうすく世を去りにけり

重くつらくて、触れたくないし触れられたくないのが姉万里子の生涯である。

パリで生まれ、父が結核を患ったのでフランスの託児所で育てられた。日本人の子がフランス人のなかで幼児期を過ごすということは、どんな影響を与えるのか。他の姉妹のように、両親のもとで幼児期を過ごせなかったのは幸せとは思えない。日本語がわからず、フランス語には反応したというのは当然のことだと思う。

だから両親はフランス語を教育に取り入れ、フランス人の尼さんのいる白百合という学校を選んだ。

白百合ではフランス人の尼さんに可愛がられ、フランス語は抜群なのに、国語を含む他の教科は遅れている。性格が明るくて社交的だから、誰にでもなついて誰からも、

「マリちゃん、マリちゃん」

と可愛がられた。私とは陰陽ほどにも性格が違っていた。目立つ姉に比べて、私は目立ちたくない、いつも母の背に隠れているような人見知りであった。白百合では、万里子の妹と言われたり思われたりするのが恥ずかしくていやだった。目立ちたがりの姉は、そうでない妹にとっては困る場合が何度かあった。

両親は姉にピアノを習わせて、姉もピアノに熱を入れるようになった。くよくよ考えたりしない姉に対して、私は少しのことも気になって内向的になり、母に言わせれば気難しい子になっていった。対外的にはいつも「マリちゃん」が前に出て、いるのかいないのかどっちでもいい子が私だったと思う。それが小学校低学年までの私であった。でも父は記憶

にあるはじめから、私を対等に扱って問いかけてくれて、話を引き出してくれていた。幼いときから、母に求める優しさを父に感じていたように思う。

母が躾に厳しかったこともあったと思う。姉が国語などが不得手だったことから、母自身が毎日姉や私に勉強を教えていた。お尻をはたかれて叱られることもあった。

教育には金を惜しまない父だったので、姉が希望する教師があると、手がかりを見つけて教えてもらえるように取り計らった。

レオ・シロタ先生の弟子になるのにどのような経過があったか知らないが、姉はレオ・シロタ先生の弟子ということを誇りに思い、ますますピアノに生き甲斐を求めて精進するようになっていった。戦争さえなかったら姉も張りのある生き方ができて、若くして死んでしまうこともなかったであろうに。

姉の青春は家族のための買い出しに費やされた。姉の性格がいい方にはたらき、疎開者につれない応対をしていた農家が、人懐っこい姉には出し惜しみをせずに野菜を分けてくれた。姉のおかげで戦争中の飢えを凌げたともいえる。終戦になって三宿に落ち着くと、狭い家だったのでピアノを弾くと家中揺れるようだった。一日中ピアノの音が響いた。

レオ・シロタ先生がアメリカに帰国してしまって、姉はピアニストの宅孝二先生に習うようになった。そして近くの人に請われて、小学生の姉妹にピアノを教えるようにもなった。

ピアノを教えにいって気に入られたのか、その姉妹の母親の友人に紹介されて、その方の弟との縁談が進んでいった。

宅孝二先生の弟子になってから、姉は少しずつピアノに情熱を失っていき、妹玲子を自分の代わりと思ってか、宅先生のレッスンに連れて行った。それが玲子がピアノを始めたきっかけだったと思う。

縁談に姉は乗り気だった。名古屋の名門医科大学の教授の息子で小児科医、名古屋では知られた家であった。姉はその環境に、自分の新しい活躍の場を夢見たのかもしれない。

名古屋は母の故郷であり、祖父もそのとき病気ではあったが生きていた。祖父が喜んでくれて縁のあるところでもあったし、当人同士も打ち解けてトントン拍子にまとまってしまった。

明るい性格の姉は開業医の妻として、看護婦代わりも務めたらしい。姉が行ってからその入院施設のある小児科医院は患者が増えて繁盛した、と名古屋出身の友人が言っていた。また、夫の趣味のバラ栽培にも協力して、見事なバラの写真が届いたりした。うまく幸せにまわっているようだった。

そこの家にはしっかり者の姑がいた。姉の結婚を決めるときに父は土地柄が封建的なことと、名古屋人そのものの性格である姑にこだわったが、楽観的な姉が喜んで嫁ぐ気になった勢いに流されてしまった。戦後でまだ物が不足していた一九四八年のこと、「支度はいらない」ということであった。

しかし嫁入り道具を公開して見せる習慣のある名古屋で、言葉どおりに公開できるほどの物をもたずにきた嫁を、姑は快く思わなかったらしい。姉は何も言ってはこなかったが、はじめから苦労したと思う。

名古屋人として体面を気にする見栄っ張りの姑と、物書きで合理主義の父とでは、考え方も方便もまるで違っていた。表面は穏やかな友好的な関係の裏に、お互いを知るにつれて相容れないわだかまりが芽生えていった。

間に立つ姉はどんなにつらかったことだろう。しかし明るい姉はくよくよ考えたりはせず、婚家に役立つことで姑に愛されようと、明るく振る舞い、それで何年も過ぎていった。

幸か不幸か姉たちは子供に恵まれなかった。十数年も過ぎた頃、彼が往診の途中でバイク事故を起こし、事故が原因で性機能を冒された。そのことがきっかけとなり、それまでの姉の明るさはぷつんと切れて、生活する気力を失っていった。少しずつ病人になってしまった姉の変化に、名古屋と東京に離れていた私たちは気付かなかった。

いまその頃の姉の立場を思い返してみると、実家では私が結婚し、続いて二人の娘に恵まれたこと、妹二人の次々の留学、東中野に新築、と姉にとってはうらやましいめでたいことばかりに思えたのだろう。自分の生活の空しさに希望をなくしていったのかもしれない。

7

元旦に突然羽ばたき飛立ちぬ
歌に送られエンゼルに守られて

鬱病は、いまは患者も多く、誰でもかかりうる病気になったが、四十年前には精神病として忌み嫌われ、公言できない病気であった。特に名古屋の方々にとっては、嫁が精神の病気になって体面を考えたのだろう。

飛行機に乗ったことがない姉に飛行機で東京にいこうといって喜ばせた。姉は治療のためとは知らず飛行機で東京に連れてこられた。そしてまっすぐ病院に行ってそのまま入院し、治療が始まった。入・退院を繰り返すなかで、姉は治療のせいか暗く静かな性格に変わってしまった。以来、名古屋に戻ることはなかった。

病院のピアノを弾いていたいい時期もあった。見舞いにいくと、他の入院患者の面倒を見ていることもあった。

一方、何日も口をきかず、反応がなくてこもってしまう時期もあった。かと思うと急におしゃべりになり、自分のことや身内のことを相手の見境なく話すこともあって、周囲は困ってしまう。

何年もかかったが、やっと退院ができそうだと思いはじめたとき、父は名古屋に帰そうとは思わず、姉のこれからを考えはじめていた。

私にその考えを話したこともあった。悩んだ父の結論だったのだろうが、姉に話すきっかけがみつからなかった。姉の気持ちを第一にしなければならなかった。結論がなかなか出なかった。

姉が患っている何年もの間、私はいつも重い石に心が半分潰されているような気がしていた。心配して聞くのかもしれないが、夫が姉のことを話題にしたときにはいたたまれなくなり、精神ではなく肉体の病気だったら、夫の助けも借りられるし、どんなに気が楽だっただろうにと思った。一度だけ「精神病は遺伝する」というような、ひどく傷つくことを言われたことがあった。そのことで父の前で泣いて訴えたことがある。父の方こそ苦しんでいて、どんなに悩んでいたかわからないのに、私は父をもっとつらい思いにさせてしまった。それでも父は優しかった。

「つらいことは忘れて暮らすんだよ」

忘れて暮らせるのならどんなにいいだろう。だが姉のことはいつもいつも心に貼り付いていた。両親は私以上につらかったことだろう。悲しかっただろう。祈っていただろうに。

私たちの心労も極限だった一九七一年の大晦日のこと、病院から、

「腸閉塞なので、すぐ転院させる」

という電話があった。

私に電話があったのは午後だった。お節料理もやりかけ、掃除も残っている、家のなかがてんやわんやの状態のときであった。まさかそんなに急に悪くなるとは思いもかけなかった。文子が留学から帰ったあとだったので、早速病院に行ってくれて姉に付き添ってくれた。

『紅白歌合戦』が隣室から聞こえてきた。

「私のために歌ってくれている」

姉は文子にそういったという。そして歌を聴きながら、元旦になったところで、文子に手を取られて、静かに天に召されていった。

大晦日だったので緊急手術ができなかった。薬の副作用ではと囁いた人もあったが、姉は生きる希望を失っていた。寂しかっただろう、つらかっただろうとも思う。天国で幸せになってほしい、と思って送ることができた。

どなただったか、元日の朝死んでいくのはすばらしいお恵みで、次に幸せが約束されている、と気持ちを引き立ててくださった方があった。うれしい励ましであった。幸せになってほしいと切実に思った。

正月早々縁起が悪いということだろうか、喪服を着た私たちに、タクシーはなかなか止まってくれなかった。

阿部光子さんが飛んできて、内輪で温かく東中野の家からまず送り出すのを牧師として手伝ってくれた。阿部さんは姉が小学生のとき家庭教師をしてくれており、以後も何かにつけてお世話をかけた方であった。

名古屋から駆けつけた悲しみをたたえた義兄は、小さな封筒を棺に納めながら、姉の耳元に口を寄せて、涙を流しながら何事か小声で話していた。

「預かっていた法王からいただいたメダルを万里子に返しました」

封筒にそのメダルと手紙が入っていたと、義兄はしばらくたってから私に言った。

それは一九五一年、父がペンクラブ大会の帰途ローマに寄ったときに、法王ピオ十二世から娘四人にいただいたメダルの一つであった。姉が病気になって東京に帰るときに、自分の代わりにと義兄に渡したのだという。義兄はこれを肌身離さず持っていたと言った。

いろいろあっただろうが、二人の間には温かい愛があったのだと、そのとき確信できてうれしかった。

彼がもっと男らしく強かったら、姉の立場も違っていたかもしれない。あまりに親孝行な息子であった。親に逆らえない息子であった。

それから二十一年後、父が亡くなったときには遺族席に座って送ってくれた義兄であった。そのとき元気だったのに、翌年の正月に突然、義兄の訃報を受けたのである。

8

わが姉の命ながらへ生くるとも
満ち足らぬまま耐へて生きなむ

一九九四年一月二日、義兄が亡くなったと電話があった。ということは元日に亡くなったのだろうか。思いがけないことに姉の命日に彼は逝ったのだ。私はそのことに胸を突かれた。姉を送って二十三年間、看護師に身の周りの世話を受けながら、細々と医者として暮らしてきた。気丈な姑は杖をつきながらも元気に動いていた。

夫とともに、名古屋の診療所での通夜に臨んだ私は、思いがけない家の変化に気付いた。姉の元気な頃、医院の隣に続いていた病院がなくなっていて、姉のいた頃の医院とも違うこぢんまりとした診療所での通夜は現役の医者とは思えぬ質素な寂しいものであった。

東京から行った私たちにお茶一杯出すこともなく、挨拶状も、清めの塩さえ渡されなかった。あの体裁を大切にする姑のことを思うと、考えられない弔いであった。

二十三年前に名古屋のお寺で執り行われた姉の葬儀を思い出していた。東中野で送った後に名古屋でも葬儀があった。大きな菩提寺での葬儀には人も集まり、作法を知らない私は落ち着けないほど大きなものであった。

名古屋の名門といわれた家だったが、義兄の死後姑は東京の弟に引き取られて、名古屋の診療所は跡形もなくなった。弟は病気の後遺症で杖をついていたが、姑は百四歳の天寿を全うした。長寿はめでたいことだが、姑の心を思えばそうともいえない寂しさが漂う。九十歳を越えてから頼りの息子に先立たれて、生涯を過ごした名古屋を離れ、知らない東京で障害の残った息子に引き取られて、それでも気丈に生きられたのだろうか。

姉が嫁いだ頃の華やかだった家に、長い間に何があったのか知る由もないが、因縁というものなのか、没落の家を見た気がしていた。義兄も姉と同様に、ある意味で被害者だったのかもしれない。

9

意思強き友のえらびた人生は
世俗はなれて神一筋に

昭和女子大学を卒業した私はしかとした目標を持てないまま、人見圓吉先生（昭和女子大学設立者）のすすめで小岩の女子校で週二回、日本文学通史を教えるようになった。

一方、白百合で覚えたフランス語をもう一度、という気持ちでアテネ・フランセに通いはじめた。若かったから間口を広げ、ピアノを習い洋裁もやった。そのうち自分に合うものがみつかるだろう、あれもこれもまずやってみようと、慌ただしい日々を過ごしていた。

アテネ・フランセでは、白百合で一級上だったNさんとすぐに親しくなった。同じ教室ではなかったが、待ち合わせてはよく話をするようになった。彼女は、一途な目標を持っていた。裕福な家庭に育ち、兄はいるが一人娘として大切に育てられたのに、修道院に入ろうと考えていたのだ。Nさんとその話をすれば尽きることがなかった。私はもっと違う道があると考え、彼女のかたくなさを何とかしたいと思った。彼女は何カ月もたって、やっと修道院に入る気持ちになった理由を話してくれた。

父親が原因だった。女の人がいて、母親のいる家庭にその人を入れていた。彼女の母親はどんなに苦しんできたか。母親を見てきたから普通の女の生き方はしたくない、と言った。

男の横暴を現実に知らなかった私は、言葉での説得は難しいと思った。父が、

「かわいそうに。家に連れてきなさい、話してみよう」

と言ってくれた。そのとき父は、女が宗教一途に走るのは反対だとはっきり言った。家庭のなかでは話したことがない自分の宗教観を父は話してくれた。いまでなければとめられないと彼女

を家に誘ったけれども、彼女が家にくることはなかった。後でわかったが、彼女が修道院に入ることはもう確定していたのだった。

「花嫁道具みたいにいろいろ用意しなければならないの」

白いキャラコが何十メートルとか履物何足とか、持参金のようなものもあって、その額によって修道院での役割も決まるのだという。

「たとえば白百合にも目立たない仕事をしている人とか、先生になって教える人とかいろいろいるでしょう。一生炊事場で働く人もいるの」

彼女は私の知らないことを教えてくれた。

宗教の世界でも、お金によって格差がつけられるとは信じられなかった。彼女の両親はせめて持参金を多くすることによって、娘に詫びたいと考えたのだろう。

私の母も彼女と同じ苦しみを経験したに違いない。明治・大正時代は「男の甲斐性」と称して妾がいるのを認めた時代だったが、時代が認めたとしても娘として認められるものではないだろう。しかも祖父には幾人もいたそうだ。

母はそういう複雑な家庭環境に耐えたのち、品行方正な父と結婚しての人生があった。それでも母の一生はそんなに楽なものではなかった。父の作品に登場する悪妻は母がモデルだと信じる読者が多く、社会からは悪妻と思われ続けた一生であった。それでも弁解することなく、自分の楽しみは返上して、家族のためだけに生きた。

Nさんが自分のつらかった環境を話すとき、私はいつも若いときの母を思っていた。しばしば上京して家に泊った祖父に母は従順であったが、祖母の立場を見続けてきた母にも、Nさんのように自分の家庭から逃避したいと思ったこともあっただろう。

アテネ・フランセでは夫との出会いもあった。

出会いから一年近くたった秋、彼が家を訪ねてきて、両親に交際の許可を求めた。私はNさんにそのことを話したが、まだ付き合ってもいないときだったのに、

「あなた、その方と結婚することになると思う」

すぐにそう言った。私の方がびっくりして心臓がドキドキした。

「どうしてそんな予言ができるの」

と言ったものの、彼女の自信を持った言い方に「そうなるのかなあ」と動揺したことを思い出す。

結局、私が夫と交際を始めた頃に、Nさんは希望どおりに修道院に去っていった。手の届かないところに行ってしまった気がした。

私はNさんの予言どおりに夫と結婚することになった。

女子校で教えるのを続けることもできた。無給医局員の妻になるのだから、もう少し続けてもいいかなとも思った。しかし教えることで得るものはたくさんあるが、自分は教師に向いていな

い、いいかげんな気持ちでやれる仕事ではないと思って、結婚を決めたときにやめることにした。

興味半分でしていたことも整理して、一九五一年四月に、夫がそれまで住んでいた慶應義塾大学医学部の職員寮の、台所もトイレも風呂場もない六畳一間で新婚生活をスタートさせた。

「ゼロから始めれば上がるばかり。初めは苦しいけれど必ず不幸にはしない。信じてほしい」

未来を賭けるつもりで夫の言葉を信じ、清水の舞台から飛び降りる覚悟で、何一つ持たない彼の懐に飛び込んだ。

彼の両親は長男の嫁としてふさわしい人をと考えていた。それを差し置いて自分が決めた人と結婚するのだから、両親には一切頼らない、と彼の意思は固かった。無給医局員だったのに。

それから数年たって、長女が二歳になった頃、西武線武蔵関に近い修道院から、

「面会を許されるようになったのでお会いしたい」

とNさんから連絡があった。

私は、長女を背負って畑のなかの修道院に行った。彼女と会えると勇んで行ったのに、数年間の環境の違いは二人を遠くしてしまっていた。

「何を話したらいいのだろう」

とまどって、あんなに話が合った彼女だったのに、手を差し出すこともできなかった。

世間話は通じないことがすぐにわかったし、その頃の私は子育てと小姑との生活に忙殺されて

ものを考える余裕もなかったので、信仰に関する話題も投げられなかった。うちとけた言葉をどうかけてよいのかもわからなかった。

以後、会うことはなかった。

何十年もして白百合に用事があって行ったとき、彼女の姿を見かけた。思いがけなくも白百合幼稚園の園長になっていた彼女は、子供たちに囲まれて、白百合のマ・スールの被り物をつけて、修道尼としての威厳も感じられた。かつて笑い合ったNさんなのに、声もかけられなかった。

その日の帰り、飯田橋から神楽坂に向かって歩きながら、アテネ・フランセの帰りに神楽坂に寄っては二人であんみつを食べたことを思い出していた。二、三十年前のことだ。その店はそのときと同じところにあった。彼女はいまでもあんみつを食べられる自由があるのだろうか。可愛がっていた姪の桃ちゃんも大人になって、いまでも自由に会うことができるのだろうか。歩きながらNさんのことばかり考えていた。

10

あの日から頼り頼られ慎ましく
初心忘れずわが家築きぬ

夫と付き合いはじめて間もなく、父は私たち二人と一緒に彼の両親に会いに栃木県に行った。「とんや」と呼ばれていた地主であった。

所有する山や畑を見て帰ってくると、

「君が一生東京で暮らすつもりならばいいのだけれど」

と言って、結婚に条件を出した。朝子のような体力的に弱いものは、田舎の暮らしは到底できないから、もしいつか田舎に帰るという気持ちがあるのなら、話はなかったことにしてほしい、ときっぱり言った。

彼は一人息子であったから、舅姑にはかなり厳しい条件に違いなかった。しかし、舅は東京で医院を開業していた人で、栃木に移ったのは空襲で焼け出されての疎開だった。そして、戦後に不在地主として土地を取り上げられた経験から、残った田畑を守るために田舎を動くことができなくなったのだった。それでいつかは自分も東京に戻るつもりだからと言った。また舅の話によると、息子は数えきれないほど見合いをしたが、結婚する気になってくれなかった。結婚してくれるのならこんなにうれしいことはない、田舎暮らしはさせないと約束してくれた。

婚約すると、父はデパートに一緒に行ってくれては、まだ物資が豊かではなかったが、和服を買ってくれたり、生活に必要なものを一つ一つ揃えてくれた。普通は母親の役目だと思うが、出不精で乗り物酔いが激しい母だったので、全部父が付き合ってくれた。そんなときの父は楽しげに見えた。私たちは六畳一間からのスタートだったので、いわゆる花嫁支度からはほど遠く、質素な準備であった。ゼロから出発して、彼の両親からの援助を受けずに新しい生活を築き上げてきたことは、彼の独立独歩の精神からであったが、おかげで堂々と生きてこられたと思っている。

父にはずいぶん心許ないことだったと思うが、余計な口を挟むことはしなかった。そして、

「いやになったらいつでも帰っておいで」

と言ってくれた。実際父を困らせたくない、心配させたくないと思ったら、喧嘩しての帰宅であっても言えなかった。

本来医学者になるつもりの夫だったが、家庭をもつにあたって、経済的なことを考えて臨床医に変わった。新しい入局者のなかで、彼は数年遅い出発であった。そのことを父は心にかけていたと思う。新生活が厳しいことを察していたのだろう。

父がお金の入った封筒をそっと渡してくれるときは、決まってお金がなくて悲しいときであっ

た。無給の医局員だったので、アルバイトで暮らしていた。

「経済的な心配で、精神が卑屈になってはいけません」

軽い感じの一言がどんなに心に沁みたことか。

長女が生まれることになり、私たちは六畳の生活に区切りをつけて、野沢家の焼け跡に公庫からの借金で小さな家を建てた。そこに田舎から夫の父親が出てきて眼科医院を開業し、看護師がわりに小姑も同居するようになった。

狭い家で小姑に気を使い、うちひしがれているときに、父は増築した方がいいと言って、費用を工面してくれた。

「お金は返せるときに返してくれればいい」

私たちのメンツを立ててそう言ってくれた。増築したおかげで二所帯それぞれの生活が可能になった。どんなときも父はわかっていてくれる。

父が優しくて何でも理解してくれるので、男とはそのように頼りがいがある存在だと思い込んでいた。男の兄弟もなく、女子校で学んで結婚したので、男の難しさがわからなかった。いつしか父のような人ばかりではないとわかってきたが、その点で世間知らずな妻で、夫には気の毒なことをしたと思っている。

11

休みなく働きつづけ逝きし夫《つま》　老いて楽しむゆとり知らずに

一九七〇年四月、中村橋に家を新築してやっと家族四人の生活になった。夫は勤務医として昼も夜も働き続けてくれた。娘二人がバイオリンを始めていたので、お金はいくらでも必要になっていた。

娘たちが桐朋学園に入ってからは、楽器と弓はいいものを持たせたいと夫も考えるようになり、格段と高額になる年末年始のアルバイトもしてくれた。

「女難はなかったけれど音難の相はあったんだなあ」

夫は家の中にバイオリンの音が絶えず響き、レッスン代、楽器代と金銭が飛んでいくので、このように言ったこともある。けれども娘のために働くことはかえって張り合いになったようで、愚痴を言ったことは一度もない。

医師仲間でゴルフをしないのは珍しい。運動神経が発達している夫なので、ゴルフをしていれば達人になったかもしれない。でも自分のためには節約節約で、その点は父とよく似ていた。子煩悩なことでは父にも負けていなかった。娘のためなら何でもやっただろう。

娘たちも意欲的に勉強するようになって、もう私の出る幕はなくなっていた。家の中は活気に満ちていた。

夫も医師として信頼されて、「手術するなら先生に」と慕われていた。

夫は娘の音楽教育に絶大な貢献者だったが、

「音楽のことはよくわからない」

とよく言っていた。ただし、娘の演奏会には必ず行った。的確な感想と批評はびっくりするほどだった。

音楽会やオペラに誘っても、

「自分が聞いてもわからないからもったいない。朝子が行きたければ、その分二度行けるだろう」

と、私がオペラを見ている間も自分は働いて満足しているという人だった。働くことが趣味のようにさえ見えた。庭仕事もそうだが、骨身惜しまず動いて働く人であった。それは私にいちばん欠けていることである。

長女は家を新築した翌年の一九七一年にフランス政府給費生として、バイオリンの勉強のためパリに旅立っていった。羽田で見送ったときには、うれしそうに一度も振り返りもせず出発していった。

送るのは寂しい。娘を送り出した夫の姿は父の姿を思い出させた。

長女はホームシックにも耐え、しばしば帰国する留学生もいるのに、数年の間日本にも帰らず頑張った。三十数年前には格安航空券があまりなかったので、往復旅費を考えたのだと思う。

それから数年後には次女も同じようにパリのコンセルヴァトワールに留学がかない、私たちは二人の生活になった。

12

娘《こ》の奏すバイオリンの曲に拍手なる
胸に沁み入る忘我の余韻

私の子供たちが幼いときには、父はよく助けてくれた。母が外出嫌いだったので、私が用事のある時、自由学園幼児生活団の迎えも何度かしてくれた。見学もしてくれて、あるときは子供たちが作ったクッキーをごちそうになったと、喜んで帰ってきた優しいおじいちゃんでもあった。

その頃は妹たちが留学していて父と母二人だけの生活だったので、何かと東中野の実家を訪ねることが多かった。

バイオリン教室が目白だったので、早く終わるとバスに乗って寄ったが、それを娘たちは楽しみにしていた。両親も待っていて、しばらく行かないと、

「○○をいただいたからいらっしゃい」

などと言うので、食べ物につられていそいそと東中野に出かけていくということになる。

娘たちにバイオリンを習わせたのは、私がバイオリンの音色に魅せられた少女時代に端を発する。

戦前、一九四〇年頃のことだった。母と姻戚関係にある才能教育の創始者である鈴木鎮一先生が、七、八歳の子供を三人連れて家にきたことがあった。

そのうちの一人が豊田耕児[1]であった。私は小学校五年生ぐらいだったと思う。空襲で焼けてしまった玄関脇の広い応接間で、この子供たちがバイオリンを弾いてくれた。小さなバイオリンを抱えると、大人のように澄んだ音色で美しく名曲が流れてきた。私はそれまでそんなに近くでバイオリンを聞いたことがなかったので、動けないほど聞き惚れてしまった。そしてもし自分が子供に恵まれたなら、一人は必ずバイオリンを習わせたいと思った。

ピアノなどの鍵盤楽器には感じなかった弦の音色、メロディーの美しさが大好きになった。

それで長女が三歳になると、早速鈴木鎮一先生に推薦してもらった先生に教えていただくようになった。

音楽教育は容易なものではなかった。言葉が耳から入り自然に覚えるように、音楽も自然に耳から、習慣になって身に付いていく。母親の私にとって家庭での才能教育は、情熱を越えたものであった。これだけ努力したら何でも可能になるだろう、と思ったこともある。

父はそういう厳しさをみんな見てきた。孫たちのバイオリンのいちばんの理解者になり、協力者にもなってくれた。

おさらい会には用事がない限り必ず聞きにきてくれた。出番が終わると、ご褒美のパーラーに寄るのも毎度のことであった。私の音楽教育が厳しすぎる、小さい子はおだてて褒めて導かなければいけない、としばしば注意された。

小学生になった孫が才能教育を離れて、指導法で著名な先生に変わったときには、一緒に先生のところまで出向いてくれて、

「ぜひ教えてください」

と私とともに頭を下げてくれた。父の協力があって、今日二人の娘がパリと東京でそれぞれバイオリニストとして生きていけるのであって、それは娘たちがいちばんわかっていることと思う。

特に次女には、フランス政府の給費が受けられない事情を知ると、芸術院からの年金を孫の留学費に振り向けてくれた。教育にお金を使うのは必要なことなのだと言い、経済的な協力を惜しまなかった。夫や私の気を楽にするためか、私を妹たちのように留学させせられなかった代わりな

のだと言って。

普段は質素な暮らしをして、何年もあるいは何十年も同じものを大事に使う父が、教育に関しては、娘にも孫にも経費を惜しむことはなかった。苦労した父の信念だったと思う。

孫とは夏の二カ月を軽井沢で一緒に過ごすことが多かったので、幼いときから「おじいちゃん」は家族と同じような存在で、知らず知らずのうちに影響を受けている。おじいちゃんの存在は大きかったと思う。

青山斎場での「芹沢光治良のお別れ会」の音楽は、パリにいる長女が選曲して演奏者まで指定してきたのを、東京にいる次女が曲を探し、姉の指示してきた順番どおりに録音して用意したものであった。

長女は葬儀のために日本に帰るよりも、それが自分らしい霊前への感謝だと言って、祖父への思いを込めて選曲した。幼い日の祖父との思い出の曲も入っていて、バイオリンを仕事としている娘二人が協力しての送る音楽であった。

父はとても音楽が好きで、孫たちがバイオリンを弾くことも喜んでくれていたので、きっと満足して昇天してくれただろう。

父と別れて間もなくの頃、父のことを思ってたまらなくなったとき、私は「お別れの会」に流された音楽を聴いては癒され、平常心を取り戻したものである。

父が亡くなってから十六年の月日が流れた。

振り返れば私が小学校低学年の頃、父は姉と私を日本交響楽団（いまのＮＨＫ交響楽団）の定期会員にして、毎月、日比谷公会堂へ連れて行ってくれた。それは戦争のために最後になった演奏会まで続いた。日響を聴きにくる子供はいなかった。最高の音楽を小学生のときから聴かせてくれた父、おかげで音楽を聴き、オペラを見るのが趣味になった。現在の私の大きな慰めになっている。

娘たちにバイオリンを与えることになったのも自然の成り行きであった。いま、娘たちがそれぞれバイオリン演奏で多くの人を励ます仕事をしていることに、父から受けたものが娘に伝えられたような喜びを感じている。

注

（1）豊田耕児

ジュネーブコンクール（一九五九年）二位、国際コンクールでいくつか入賞。ベルリン放送交響楽団コンサートマスター。ベルリン芸術大学バイオリン科教授。才能教育研究会会長。

13

わが娘《こ》への譲れぬ愛にかたくなな
悲しきバトルよくぞ越えたる

もう三十五年以上も前の話になる。年月がたってようやく書けることだと思う。

私の長女がフランス留学中にインド国籍の彼と結婚すると言いだしたときは、私にとっては最大の危機であった。周囲の誰も賛成するものはなく、特に父親である夫は烈火のごとく怒り、怒りはその後何年も収まらなかった。

夫には海外留学生の友人が幾人かいて、人種差別をするどころかその方々の世話をする方であったのに、娘のことになると全く違ってしまった。

インドのイの字を使う単語を言っただけで目の色を変え、娘のことに繋がって思い出すのか、その反応はすさまじいものがあった。何年間かそういうつらい思いをした寒い冬に、夫は発作を起こして門を入ったところで倒れていた。明らかに、精神的なものからの心臓発作であった。

私の言うことなすことも気に入らなくなって、その表情は恐ろしいものであった。一方パリからの音信もぷっつりと途絶えた。私は「死ねたら楽だろうな」と思うようになり、希望が持てなくて、暗い気持ちでため息ばかりついて暮らしていた。そういう状態が何年か続いて、もうもたないと思った。あるときから「娘は自分の人生を選ぶ自由があるはずだ」と私は思うようになった。それを察した夫はいっそう心を頑なにして反対した。そしてポンポンつらい言葉を吐き、

「僕を選ぶか尚子を選ぶか。尚子のところに行ったらいい」

と言うところまでいった。

父は孫の結婚に賛成ではなかったけれども、言わなくても私たちの状況はわかっていて、ともに悩んでいてくれたと思う。

そんななか、思い余った私は航空料金の安い真冬の十二月に、独りパリに向けて飛んだ。夫はとめなかった。私が娘を説き伏せることができたらと、希望を持ったのかもしれない。そこでヨーロッパで苦労した娘が東洋の優しい彼に出会って、通じるところがあって孤独を癒し、一生懸命生きている姿を見て、一切を理解できた。

「ママはわかってくれると思っていた」

と娘は言ったが、緊張で固くなっている彼を見たとき、母親としてこんなに苦しんできたのにと彼を憎く思ったのも事実であった。わが家の平安を踏みにじって、と恨みがましい気持ちもしていた。私はどんなに恐ろしい顔をしていただろうかと、いまになると恥ずかしい。

八日間一人でパリや次女のいたジュネーブを歩いて考え、考えては歩いて、娘たちを許す決心

がついた。二人はすでに同棲していた。

「パパが認めるまでは子供を持たないで」と条件を付けて、夫には同棲していることを秘密にして通すしかないと決心して帰国した。

見てきたことや私の決心を夫に伝えたなら、どんなことになるか悪いことしか想像できなかった。どんな行動にでるか恐ろしかった。

疲れ果てて日本に帰ると、起き上がる気力もうせて一週間も寝込んだ。夫を欺いて暮らす勇気が持てなかった。

そのときも父に助けてもらった。心配して電話をかけてきた父に、パリで見てきたことや、私の考えをすべて報告してから、

「私のしていること間違っているかしら。パパにこのことを隠していていいと思う?」

と聞いたとき、

「間違っているとは思わない」

と言ってくれた。

父の一言で、それ以後、夫に言わずに乗り切ることができた。

七年間、夫は認めることはなかったが、あるとき娘の恩師がパリから来日したのがきっかけで、娘と私の長いつらい修行は終わった。恩師は私たちと食事をともにして、彼がどんなに真面目な

好青年であるかを話し、どうして許さないのかと夫を説得してくださった。

あっけないほど簡単に夫は折れた。

父がいなかったら、あの大きな山を越えられなかっただろうし、娘の現在の幸せはなかっただろう。あのとき父だけが理解してくれて、その後孫の結婚について何年間も誰にも言わずに、母にも妹たちにも話さず、そのことに触れないような心遣いを示してくれた。私と父だけが知っていた苦しい長い秘密であった。

夫はあんなに頑固だったけれども、本当はもう疲れ果てて許す機会を待っていたのかもしれない。考えもしただろうし、反省もあったと思う。パリの娘に、

「悪かった」

とすぐに自分で電話をしていた。自分から電話をするような人ではないのに。それから生まれた息子は既に社会人になっている。

日本語を日本人と同じように話す息子・東麻は、就職したフランスの会社の日本勤務になって、いまわが家から通っている。

一九九二年夏、東麻が日本に来たとき、わが父のことを「ひいおじいさん」と呼んで、ここ軽井沢山荘できれいなフランス語で、フランスの詩を暗唱して聞かせたり、フランスの歌を歌って聞かせたりしていた。父が目を細めて聞いていたのを思い出す。

大人たちがそれぞれ散っていった後、残った東麻はひいおじいさんと二人で、部屋の片隅で何事か話しながらトランプをしていたと娘が言っていた。東麻はあのひいおじいさんと過ごした二、三日を忘れないだろう。

男の子を持たず、男の孫も持たなかった父が、フランス語を話す曾孫と、どんな思いでトランプをしたのだろうか。東麻にも優しい思い出を残してくれて、それから七カ月後に、ひいおじいさんは逝ってしまった。

あのときの血の続く男の子との交流が父にあったことを、温かな気持ちで思い出している。

一九九三年の正月、父は、

「東麻に送ってやって」

とお年玉を私に託した。封筒には震える細い文字で「パリのトマへ」と書かれてあった。八十数年前に父が青春を過ごしたパリで、曾孫が生まれてフランスの教育を受けて大人になった。思えば感慨深いものがある。

14

純粋な童女のごとき母なりき
家族を愛し縁のした支ふ

母が亡くなる前の一、二年は、父にも私たち姉妹にもつらい日々であった。母は舌癌のために物が食べられなくなり、みるみる痩せていった。舌癌の宣告を受け、手の施しようがないほど進んでいると医者に言われた日、書斎の父にそのことを告げにいった。きつい治療をかわいそうだからどうしようかと相談したら、苦渋に満ちた表情で、

「できるだけの治療をしてほしい」

と言った。

母は慎ましく芯が通った生涯であった。父を立てて「お父さまは偉いのだから」と、それは私たちには聞き慣れた言葉の一つであった。

父は母の入院中一度も病院には来なかった。もし父が見舞いにきたら、母は気を遣って落ち着けない気分になっただろう。母はそういう人であった。父は自分が行かないかわりに、私たちが父のところに行くと、

「私のことはいいから病院に行ってあげて」

と必ず言ったものだった。

残っていた歯を放射線治療のために全部抜かれるなど、闘病は傍で見ている私たちにも苦しいものだった。それなのに母は家事から解放された自由を、

「ホテルにいるみたい」

と言って私をほっとさせた。戦後、母は家事に誰の手も借りず、来客の多い家を守って旅に出たことも一度もなく、ホテルに泊まったことなどもなかった。入院して個室に入り、好きなときにテレビを見て、時間になれば流動食ではあったが食事の運ばれる日々は、病気入院であっても母にはありがたかったのだろう。感謝していた。

きつい治療に耐えて退院してきた母を迎えての日々は静かで平和で、一日一日が幸せであった。父と母のいたわり合う姿はそれまで見たことがないほど優しかった。

普段は食事が終われば書斎に戻る父だったのが、私や妹のいないときは居間にいることが多くなった。来客やご用聞きも居間にいればすぐに父が立っていけたので、そのようになったのだろう。

若い頃の父は母には厳しくて、ワンマンなところもあったけれど、母が病んで召される日までの父は、それを埋め合わせたと思うほど心を遣っていた。私は母に反発したこともあったけれど、とても母を超えられそうもない。家族のことが母のすべてであった。

母は父の兄弟が多かったために、苦労が多かったと思う。子だくさんの弟の家族には、私たちの小さくなった衣類に添えていろいろなものを送っていた。また、『人間の幸福』の初めの方で、父の弟が天理分教会を作るとき、援助してほしいときたときのことを書いている。父が断ったのを聞いていた母が、自分の蓄えたなかから援助資金を渡している。また、『大自然の夢』八章でも、父が自分の親に孝行しなかったと悔いているところで、祖父が訪れるたびに母が弟たちの教育費のためにとお金の入った封筒を手渡していたと感謝している。父は知っていたのだ。

弟ばかりではなかった。父の兄は家から十分ほどのところに住んでいたが、十一人の子だくさんだったのに、若いときに新聞社をやめてから終生きちんとした仕事を持たなかった。

母は自分が着る物を義姉に回していたし、私が着ていたお気に入りの服もまだ小さくならないのに、いとこが着ているのを見てむくれたこともあった。

伯父はよくお金の無心にきていた。母にしてみればずいぶんつらく困ることだったと思う。父母がそのことで険悪になることがたまにあった。私は伯父がこなければ平和なのに、こなければどんなにいいかと思ったことさえある。

たぶん戦前・戦後を除いて、伯父たちの一生の面倒を父は見続けたのではないかと思う。父も大変だったと思うが、それを黙って許した母の忍耐も察するに余りある。ときには腹の立つこともあっただろう。それなのに母が伯父にそっとお金が入った封筒を渡しているのを見たことがある。

その伯父は播州の親様（井出国子）を死ぬまで深く信仰していたので、父と神や信仰について激論を交していたこともあった。父は若いときから神についてはしっかりとした考えを持ち続けていた。九十歳近くなって存命の親様に出会えて、神シリーズを執筆するようになったのも偶然ではなく、神シリーズを書くべく若いときから生かされてきたように思われる。

晩年の母が小平教授に導かれて、神にもたれて淡々と死を迎えることができたのも、またその母の死があって、数年後の存命の親様と父との出会いにつながったことに深い神の計画を感じる。

父が求めた神の存在を私も信じているが、それは一つの宗教や組織を超えたもの、もっとずっと大きなものであり、目に見えないほど小さいものでもある。そして一人一人のなかにいてくださる。年を重ねるごとに、信念は揺るぎないものになっている。父や母からの賜物と思っている。

15

美しき天の調べに包まれて 実相の世界よりもどらぬ父

神シリーズを書きはじめてからの父は、それまでとは違っていた。この仕事は勇気のいる仕事だったと思うが、九十歳近くなったから書けた作品だったと思う。人間的な一切を切り捨てて、欲もなく人の思惑も気にせずに、残された人生を使って作品に打ち込む姿勢は、偉大な親神に幼子のように素直に従う姿であった。

このころには外出をすることもなく、背中を丸くして杖にすがってやっと庭を歩くぐらいであった。耳はまだそれほど遠くなくて、少々大きな声で話せば会話も普通にしていた。三冊目『神の慈愛』が出版されたとき、感想を電話で話したのを覚えているので、九十一歳ごろまでは電話でこちらの言うことがすべて聞こえていたことになる。

巻が進むにつれて、父のところに行っても身の周りの下世話な話題がはばかられるような雰囲気になった。耳も少しずつ遠くなり、本当に必要な大切なことだけを聞く耳になっていた。

母が召されて以来、父は文子と二人暮らしだった。長い間の文子と二人の生活は、父本位の穏やかな暮らしであった。テレビは私には遊園地に来たのかと思うようなうるさいほどの大音量ではあったけれど、よく見ていたし、時間があればこちらの話も聞いてくれた。

その後家庭内の環境が変化して、父中心の生活が狂いはじめていった。父は雑多なことすべてを超越して、苦労を苦労とも思わずに受け入れていった。どんな状況にあっても平常心を保ち、使命の仕事に力を注いでいた。

晩年の父は私から見れば平穏とは思えない部分もあったのに、命をいただいて生かしていただくことに感謝して、悩み苦しむ方々の話を聞いて力になっていた。

助けてほしいと父のところにこられて、思わず父にお授けを取り次ぐ方もあったほど、体は老いて衰えていた。亡くなる二日前までいらっしゃった方にお会いして励ましていた。

夏の軽井沢で文子と二人のんびり過ごしていたときに、出かけていっては父とともに穏やかな日々を過ごした。晩年の父は昼間から長椅子に横たわり、鼾《いびき》をかいて眠っていることが多く、以前のように話し込むこともなくなっていた。思い返すと、そのとき天の将軍による『実相の世界の修業』が始まり（一九八七年頃）、やがて実相の世界に飛びはじめたのだろう。

一九九一年夏、私はインドへ行き釈迦の歩かれた道をたどった。体力的に厳しい旅を終えて帰り、父にインドのことを話したくて山荘にきた。父はいっそう耳が遠くなり、それにつれて寡黙になっていた。

以前はみんなが揃う食事のたびに話に花が咲き、食卓に座る時間が長引いて、ときには来訪者があってはじめて解散になるということもあった。父とゆっくり話ができる場所、私には山荘はそういうところであった。

その年は特に寡黙であった。何を話しても反応がなくて空しくなる。老いはそのような形で現れるのかと悲しかった。

「もう九十五歳なんだから」

隣に住む小山の叔父は、訴えた私にそう言って、それが自然な老い方だと諭した。

でもそのとき、父の魂はロシアに飛んでクリミアにゴルバチョフを訪ねていたらしい。一日か二日後、ゴルバチョフがモスクワに帰ったところを放映したテレビを山荘の食堂で一緒に見ていたとき、父の目が輝いて明るい顔を取り戻したのをはっきりと思い出すことができる。父の魂があのとき現象の世界に戻ってきたのだと、後になって気がついた。その頃から、魂は自由自在に実相の世界と現象の世界を往復していたのだと思う。夢のような話だと笑う人がいるかもしれないが、私は父の魂は確かに世界のあちこちに行っていたと信じられる。父は人間として生きながら人間を超えていた。

人間として現実生活の老いや悲しみをそのまま受け入れて、一方で天の将軍による死んで生まれ変わるほどの苦しい修行に耐え、乗り越えた父は、神から許されて魂が自由になっていったのだろうか。

実相の世界と現象の世界を行き来して、たまたま一九九三年三月二十三日には、お風呂に入っていて目をつぶり実相の世界に飛んでそのまま帰らなかった。天の調べを聴きながら、居心地がいい実相の世界にとどまっただけのことと思われる。

見事な出直しをした父を喜んで送るべきであった。あの日天に迎えられたけれども、魂はいまもこの世に舞い戻っているかもしれない。

16

きよらなる山荘丸ごとわが宝
　緑溢れて吾を迎ふる

一九九三年八月二十五日から四日間、やっと都合をつけて軽井沢に行った。生前は車が家に入る手前で窓から机に向かう姿が見えて、その目でまず出迎えてくれたものであった。父のいない山荘は初めてのこと、「ああお父さまはやっぱり逝ってしまった」と目頭がジーンとする。

玄関の扉を開ければいつもそこに座っていて、「いらっしゃい」と声をかけてくれたものであっ

た。扉を開けてもそこに父はいない。気をとり直して、父が座っていた椅子を軽く押さえながら、

「お父さま、また来ました。こんにちは」

と言ってみる。

家のそこにもここにも父の息遣いを感じ、優しい元気な数年前の、背中が伸びていた頃の面影が浮かぶ。

庭に腰を下ろせば、左手を頭の下に当てて長椅子に横になって本を読んでいた父、また最晩年の長椅子で目をつぶり樹々と対話していた父の姿が浮かぶ。いま同じ美しい樹々の緑を仰ぎ見て、東京での様々な疲れを癒して父の心に近づいたような気持ちがしていた。

「何も忙しい思いをして、一人で軽井沢まで行くこともないのに」

と家族に言われたけれども、私はどうしても行かなければとせき立てられる思いで都合をつけてやってきたのだった。父が樹々に助けられて気を受けて、九月からの一年間の英気を養ったように、この樹々の緑を見上げて自然の大気を吸うだけで生きる自信を取り戻して、いろいろあった疲れが癒されていくのを感じていた。

一九九三年八月二十七日、大型台風が関東に上陸するという日、山のなかのがらんとした山荘で一人雨の音を聞きながら、父と対話を繰り返していた。

生きてともにあった日々、私はわが父としか考えなかった。失って大きな大きな人間であった

ことに気がついた。こんなにもたくさんの人に慕われていたのに、近すぎていたわることは考えても、偉大さを感じることもなく過ごしてきたことを省《かえり》みる。

父が実相の世界に行ったまま戻らなかった日、あまりに突然のことで取り乱したのは私だけではなかった。全国のあちこちで、父の読者や父と交流のあった方々が、同じように呆然と嘆き悲しまれていたことを知った。東中野に駆けつけてくださった目を腫らした方や、お別れにきてくださった方の悲しまれる姿は、身内を送った人と同じであった。亡骸になった父の前で泣き崩れた男性、何事か小さく話されて泣く女性、また声を出して泣き、立ち上がれない方などを、頭が空っぽになった私はぼんやりと見ていた。父はたくさんの方々を大きな親の愛情で包み続けていたのだと思った。強い風が吹けば飛ばされそうに弱く、老いた父であったのに。

青山斎場での「お別れの会」には、北海道から南は沖縄に至るまで、全国からお別れにきてくださった長い列は会場からあふれていた。マイクから流れる音楽や式次第もよく聞こえなかったのではないだろうか。

献花をするために長い間待ってくださった方々は、義理で来てくださった方々でないのがよくわかった。そのお一人お一人に、父と深い心の触れ合いがあったのだと思われる。初めてお会いする方々から、父が言ったという言葉を聞いた。実際にそのおかげで現在の幸せがあると話してくださった方もあった。父にはふさわしい花吹雪のなかのお別れであった。

東中野の書斎には、お礼の手紙がたくさん残されていた。封筒には父の震える細い文字で「〇〇学者、大学教授、母堂癌で入院お水」とか「次女脳腫瘍」とか「返事すみ」とか「返事書くこと」とか、父の覚書が書かれていた。

医者や薬に見放されてどうすることもできなかったところを、お水で救われた喜びや感謝の手紙もたくさんあって、その一通一通に、そこに至る報告や父への感謝が綴られている。

ここ軽井沢山荘の机の引き出しにもつっかえて引き出せないほど、全国の方々からのお手紙が詰まっていた。父はいただいた手紙や印刷物類、雑誌に至るまで捨てたりはしないので、机の周りはどこに足を置いたのかと思うほど、うず高く書類が重なっていた。何年分にもなるので、大変な量になっていた。昔は郵便物もいまほど多くなかったから何とかなったけれども、何でもコピーと情報の時代になって、老いた父には読むのも目が疲れることだっただろう。いずれ後にと置いたもので足の踏み場もなかった。老眼になった私にも一仕事だったが、お礼状を読んでみると、お水が求められ、父の一言一言が神からの指針のように聞かれていたのを知った。

「お父さまは立派だったなぁ」

いなくなってしまって改めて感じる。

作家の娘であることはうれしいことではなかった。作品のなかに、自分のような娘が登場するのは迷惑なことであり、あるときは、

「あなたのことが書いてあった」

と、そうではないのに言われたりもする。娘にはプライバシーがない、と憤慨したこともあった。若い頃は心の襞《ひだ》の部分まで父に見通されていると感じて、いたたまれないいやな思いになったこともあった。

父はとても大切な人ではあったけれども、偉い人と思ったことなどなかった。それなのに読者の方たちの心に生きはじめた父は違っていた。私にも遠くに行ってしまった聖者のように生きはじめている。

大事な人を失ったうつろな日を越えた私は、夢中で父の最近の作品から再読を始めていた。読むことで少しずつ気力を取り戻していったような気がする。父が貫き通した宗教哲学の体現ともいうべき作品が、すんなりと流れるように入ってくる。老いた体で書き残してくれたことを感謝している。

火葬場でお骨が炉から戻ってきたとき、白檀の香りがしたと幾人かの方が教えてくださった。崩れもせずにしっかりと形を残した頭蓋骨や喉仏の美しさに目を奪われていた私はまるで気付かなかった。その同じ香りが青山でのお別れ会に弔辞の半ば頃、長い列の中央あたりでほんのり漂ったと、ある方がお手紙で知らせてくださった。天界からの贈り物だったのだろうか。

別れてから私にも、父からの導きと感じることがいくつかあった。感じやすい私を、ニコニコしながら気遣って導いていてくれているように思う。この世で果たすべきことをやり終えた父は、欲なく未練もこだわりもなくなって、ものを見通すことができるようになったのだろう。

ある方には個人的な予言というのか、先のことについて明るい見通しを語り、またある方には適切な遺言のような言葉を残していたのも、後で聞かせていただいた。

この山荘の柱に残る幼い日の背丈を示す印や壁の落書きなどを見るにつけても、父が留学から帰ってからの七十年近い生涯を、夏の一、二カ月をともに過ごせたこの場所がかけがえのないところに思える。

木の一本一本、石の一つ一つのいわれが作品のなかに出てくる。戦争中の苦労の日々、幸せに孫と戯れた父、もう歴史になった様々な日々が昨日のことのように思い出されてくる。たった四日しか過ごせなかった一九九三年の山荘だったけれど、一人で煩雑なことを忘れ、これからのことを考えることができた。

父のなごりがたくさんあるこの山荘で、森次郎[1]と対話した父のように、これからは父と対話できそうな予感がしている。

注

(1) 森次郎は大河小説『人間の運命』の主人公。芹沢光治良の分身でもある。

17

死ぬ日まで煙草求めしわが夫《つま》と
諍《あらそ》ひし日の悔いを残しぬ

父が亡くなって十年後の二〇〇三年一月九日に、夫の孝は八十一歳を目前に永眠した。私の大切な人は大体十年の間隔をあけてなくなっている。

一九七二年に姉万里子が召され、その十年後の一九八二年に母が亡くなった。父の死はその十一年後である。

ほぼ十年の間隔で、私の周囲には大きな変化があったように思う。一人一人の生き方、死に方に立ち会いながら、気がつくと私の順番も遠くはなくなっている。

夫は二〇〇二年九月四日に、東京に帰る間際まで軽井沢山荘の庭いじりをしていた。慈しむように枯れ葉を集めて穴に埋めたり、俗にいう貧乏苔を削っては捨てたりしていた。山荘の庭は父が生前、

「きれいになりましたねえ。もう休んでください」

が口癖になるほど、暇さえあれば庭をきれいにしていた。土ノ子を一文字に組めば孝となって、

田舎に帰って土に親しんでほしいと親が名付けた期待どおりに、庭仕事が彼の趣味になっていた。

軽井沢に行くのも、大自然に浸って庭をきれいにするのが楽しみであったらしい。

芹沢家には土いじりをする人がいなかった。戦争中やむなく父が耕して野菜を作ったけれども、それを除けばシャベルを持つ人はいなかった。夫は誰からも指示されることなく、好きなように植え替えしたりして、土に親しむ日々であった。

九月に山荘から離れがたい様子で庭いじりに励んでいた人が、四カ月後に亡くなるなどとは思ってもみなかった。

夫はその日、東京への帰り道で具合が悪くなって、翌日、無理に病院に連れていって入院となった。

循環器を皮切りに体中の検査が始まった。彼はそれまでに脳梗塞を二度起こしており、高血圧でもあるのに、飲み放題、吸い放題の、摂生をしない困った医者であった。

検査の最後に残ったのが前立腺であった。それまでにも前立腺の症状がいろいろあったが、診察に行くことをいやがり、

「○○のところならいってもいい」

と勤務していたときの同僚の名前を言うので、そこに通っていた。そのころ大きな病院に行っていれば手術もできたであろうに。大病院には行かないと拒否するので、前立腺の治療はその同

僚の開業医に委ねていたのだった。

あのころから自分が癌ではないかとわかっていて手術をしたくなかったから、病院には行かなかったのだと思う。それまでに二度前立腺肥大の手術をしていて、一度目は血圧がどんどん下がって危険な状態になった。二度目も出血が続き、取り残した部分があったのかもしれないという心配が長い間続いた。前立腺の手術を三度もするのは拒否したかったのだろうとも思う。

癌は進んでいて骨に転移しており、もう手の施しようがなかった。

医者から骨の写真を見せられて白くなった部分が多いのを確認した夫は、すべてを察して、どんどん体力がなくなった。間もなく立ち上がることもできなくなった。

パリから長女が戻ってきて、私の代わりに付き添ってくれるようになった。朝起きると病院に行き、夜寝るために帰るという役目を引き受けてくれた。

夫は家に帰りたがった。希望を叶えてあげたいと思ったが、完全に私で看取れるのか自信がなかった。

長女が「何とかなる」と言って、十一月二十三日に寝台車に乗せて退院してきてしまった。パリに帰る日が近づいていた長女の判断であった。終末医療専門の看護師が毎日きてくれて医者もこまめにきてくれる医院を、病院で紹介してもらっていた。長女は準備を整えてパリに帰っていった。

わが家に戻った夫は食事のときに起き上がる程度であったが、安心したのか穏やかな顔つきになった。

以来一ヵ月半、次女と孫の助けもかりて夢中で一日一日を過ごしていった。

この世での夫の最後の数日は見事であった。人間の尊厳を感じさせてくれた。

死の数日前に、二階を指差して家族を呼んでくれという。もう言葉をはっきり言えず、目や指で示すようになっていた。娘と孫が来ると、次女を指して水をくれと吸い飲みを指した。水を一口口に入れると、次女の顔を見ながら唇を動かした。

「あ、り、が、と、う」

「ありがとう?」と娘が問いかけると、大きく頷いた。同じことを孫にも求めて、孫にも、「あ、り、が、と、う」

唇ははっきり動いた。「ああもう死ぬということか!」。最後に私であった。夫はとても落ち着いて痛みも苦しみも忘れた顔であった。満足している表情に見えた。

そして死の前日には、

「今日が危ない」

と小声ながらはっきりと言った。何が危ないのか、自分の死を予告しているとは思いたくなかった。とぼけて聞こえなかったふりをした。

夫が一人一人から水を求めていたちょうどその時分、大好きだった小山の叔父が夫と同じ病気で亡くなった。長い間私たちは何やかやと世話になり、父がいちばん仲のいい兄弟であった。父がいなくなってから、私はこの叔父をいちばん頼りにして、つらいことを父に話すように訴えていた。唯一の相談相手でもあった。夫も慕っていて、よく話したり笑い合う仲であった。

二〇〇一年の夏には叔父が車いすだったので、軽井沢で夫が車いすを押して隣の叔父の山荘と家を行き来したこともある。

叔父の葬儀は一月九日だと連絡があった。

葬儀にいくのに寝不足でふらついても困るから、と八日の夜は私は別室で寝ることにして、次女が病人のベッドの下で寝ていた。夜中に「ママ、ママ」と起こされた。

「パパが息をしてないみたい」

息遣いが止まっていた。脈も振れない。

娘が先生に連絡をしに立ち上がったとき、もう死んでいるはずの夫の両目が開いて、のぞき込んでいた私をしっかりと見つめた。ほんの一瞬であった。しかし確かに夫は最後に別れをしてくれた。感動が走った。

驚きで娘に言ったかどうかも覚えていない。それは叔父の葬儀の日の明け方のことである。

「なんで？　なにも叔父さまと一緒に逝かなくたっていいのに」

軽井沢の小道を散歩するように、叔父の歩く後を夫はつかず離れず従って、天に昇ったのだろうか。

考えれば気の小さいところもあったから、一人より二人の方が楽しく旅立てたのかもしれない。たった一カ月半であったけれど夢中で精いっぱい看病させてもらえて、そのうえ、一人では生きていけない夫を後に残すという心配もなくなった。悲しみよりも、これでよかったのかもしれないと安堵と感謝に満たされていた。

彼は若い頃は気が短くて正義感の強い人だったので、少し妥協すればすんなりといくことが譲れず、医局でも派遣された病院でも喧嘩早い人であった。さっさと辞表を出してくるということもあった。それが年をとるにつれてだんだん怒りを爆発させることもなくなり、温厚な人に変わってくれた。

通夜の席で話を聞いていると、ユーモアで人を笑わせ楽しませせて、慕われていた先生だったという話ばかりで、そういう人柄だったことをうれしく思った。そのように外ではみなさんを喜ばせても、家に帰るとヘトヘトになって、妻の前ではそうはいかなかったのが現実であった。けれども結婚前に「不幸にはしない」と言った言葉は守ってくれたとありがたく思う。

若いときから信仰には遠い人であった。信仰に頼らなくても生きられる人種だと私は思っていた。しかし慶應時代は仏教青年会に属していた。七十歳を過ぎて仕事から身を引いてからはキリスト教の本を読んで勉強しており、残された手帳にはキリスト教に関する覚書がぎっしりと書かれていた。表面は神を否定するかのようなことを言いながら、実は彼も偉大なるサムシングに気づいていた。父の晩年にはともに存命の親様からお言葉を聞いている。

ヨーロッパに行けば各地で教会に入っていたので、キリスト教の理解につながったのだろう。イスラエルなどの巡礼地にもあちこち行っている。

フランスのルールド、ポルトガルのファテイマ、メキシコのガダルーペ、と聖地といわれるところを一緒に旅行して、人々の信仰深い祈りの姿や、マリア様への一途な信仰の姿を見てきている。またチベットでは民俗の深い信仰の表現である五体投地の姿を見て、彼自身も寺の前で五体投地を実際におこなっていたのも思い出す。

国内では天理教のお地場、朝日神社にも一緒に行ってくれた。神社、仏閣、寺院と数えきれないほど行っている。

晩年家で寝たきりになってからは、短い間ではあったが、近くの天理教分教会の会長ご夫妻に下の世話まで助けていただいた。ご夫妻は、

「宗教家でもあのように死を迎えられるものではない。たくさん病人や死と向き合ったけれど、先生はまだまだ生きられると思っていました。先生ご自身の言われた日に出直されるなんて」

と感嘆されていた。本当にご夫妻には献身的に看護を助けていただいた。あのご恩は生涯忘れ

られるものではない。毎日の看取りに、天理教信者の誠実な姿に、夫が何も感じなかったはずがない。若い頃の宗教に関する不遜ともいえる考え方は訂正されていたと思う。

組織に神が存在するはずはなく、営業的になり果てた組織に惑わされている限り、偉大なる神は自分のなかに感じられがたいものだと私は思うようになった。

神は求めて求めて、時がきて不思議をみせられたり、感じられて近づくことができる。自分を磨いて、学んで、自分のなかの神性、仏性、分けみたまが反応していく。神は自分のなかにこそ、と八十歳近くなってやっとほんのり気がついた。

夫の神性がどこまで神に近づけたのかわからないが、悠然と死を迎えた姿を思えば、信仰があるなしには関係なく、夫の魂は偉大なるサムシングに確実に受け入れられた、と思う。

野沢家は天台宗であった。彼は一つの宗教にこだわりたくなくて、無宗教で葬儀をと遺言をしていた。宗教を否定しての無宗教ではなかった。

夫を家から送れたことに感謝している。私の父も母も、また夫の父も母も、五人みんな自分の家で家族のなかで死を迎えることができた。姉はそうはいかなかったが、誰でも最期は自分の家でと思うだろう。そのことをありがたく思っている。

Ⅱ

祈り

音もなく　時はすぎ
病室の窓
陽光やわらかに
点滴をつけて夫
無心に眠る

もろもろの時を経て
静かな寝顔
怒りを忘れ
すべてをゆだねて夫
優しい夢をみる

八百万の神々よ
我らをたすけたまえ
今ひとたび　夫を
ぬくみあったこの手の中に
ひたすら合掌す

太陽は惜しみなく
病人の背に

限りない光を恵み
神々からのメッセージ
見よ　命の輝きを　と

一九九六年九月
夫の病床で

感謝

ふたたび命ひかりて
夫を支える骨（異常なし）
わるい細胞に　負けなかった命

ふたたび命助けられて
希望を取り戻し　（ありがとう）
神に　健康に　全てのものに

ふたたび歩き続けて
誰かのために　（やりましょう）
お恵みに　人々に　お返しをしなければ

一九九六年九月末

頑張って！

一人ではない　あの人　この人
やさしい顔が　いくつもうかぶ
一人ではない　あの友　この友
黙ってさしのべる手が　見える

さりげなく　声をかけてくれた人
泣きたい時　そっと抱きとめてくれた人

愛につつまれた幸せ
だから頑張らなければ
家族のために
沢山の友達のために

泣き言は云わず
ひどい言葉にもたじろがず

平和に生きる幸せ
だから愛を忘れないで
まわりの人が
世界中の全ての人が
平穏であれと祈り
できることからはじめよう

小さなあたたかさが
人の心に伝わっていく
心のこもった言葉で
やわらかな気持ちになる
すぐはじめられるのだから

優しく声をかけよう
悲しい人がいたら
愛の風呂敷を広げて
ゆったり包み込んで
抱きしめてささやこう
一人ではないのだから
一緒に頑張っていこうと

大切に生きよう

今ある生を大切に
それは
偉大なる　神からのたまもの
しっかりと　大地に足を
大樹のように
たくましく　石畳から
立ち上がる　名もない草のように

今ある生を大切に
それは
受け継ぎし　父からのもの
堂々と　おのれを信じ
清く真面目に

「大丈夫だよ」いまも
遠くから　そう　励ます父

今ある生を大切に
それは
ぬくもりの　母からのもの
地味でいい　褒められなくていい
表にたたないでいい
いつの日も　コツコツ努め
その姿でわれに遺言

神に　父に　母に
私からのお返し
それは
今ある生を大切に

あるがまま　誠実に
感謝して生きること
今日も明日も

風よ

うなり　怒り
荒れくるう　強風よ
小枝をはらい　花を手折りて
音をたて　扉をはたく

静かに　やさしく
涼風よ　夏の宵に
汗の一日　疲れた人を
ささやきて　そっと励ます

冷たく　きびしく
吹き飛ばす　木枯らしよ
凍えたからだ　孤独の冬に

うち叩き　暗闇に追う

ほんわか　あたたか
小春日の　そよ風よ
老いをいたわり　優しくそよぐ
夢をみて　ゆっくり眠れと

ああ風よ
その姿
人の心にもにて
思いのままに
苦しめ　なだめる

ああ風よ

その言葉
神の便りにもにて
無力なものよ
ひたすら　受け従う

風の音よ
風の言葉よ
耳を傾けん
大自然の　呼びかけに
すなおに　答えん

弱きもの

「あなたはメシア　生ける神の子」
と　ペトロはイエスに答えし
されど弱きものよ　ペトロ
捕らえられし　イエスをみて
「そんな人は知らない」
と　打ち消し
「そんな人は知らない」
と　三度誓った

「あなたを知らない　と申しません」
と　誓いしペトロ　なりし
されど恐ろしさに　イエスを見捨て
「そんな人は知らない」

と　逃れ去った
わが心の弱さから
主を裏切りし後
烈しく泣きし

弱きもの　ペトロよ
過ち故に
悔い　深くなやみて
使命を　さとりぬ

「全世界にいって
全ての　造られしものに
福音を　のべ伝えよ」
復活の　イエスの言葉に立ち上がり
ペトロ　民衆に説教し

異邦人に　教えを伝え
迫害に耐え
すすんで　鞭を受けし

吾もまた　弱きもの
裏切られ　傷つき　そしられ
人を憎み　背を向け呪いぬ
苦しきゆえに　祈りぬ

イエスを信じ　教えを広めしペトロ
われに近づきて　ささやきぬ
「あるがまま受けよ」　と
葛藤の波に　たゆたい
苦しみの　山坂をさまよい
暗闇のなかで　ほのかに

あたたかく導きたまう　神
まことの　神を感じたり

わが使命　神のおもわくのままに
わが支え　わが盾
神よ　聖母マリアよ
許したまえ　弱きものを

おわりに

病気になったことが、過去を振り返る機会になりました。

考えれば、父からも母からもまた夫からも、目に見えない多くのものをもらいました。父を送った後のさまざまな軋轢や、信じきっていた人から裏切られたことに、なんと愚かに苦しんだことか。歴史の大きな流れのなかで、人間の一生の小ささ、悩んだことの芥子粒にもみたない小ささにも気づかせてもらいました。

山荘にいると、大樹を見ながら人間の心の小ささを、また大自然に抱かれて自分の愚かさを感じます。

大きな力に助けられてここまできたのですから、亡くなった家族の鎮魂を祈りながら、これからも一日一日を大切に生きようと思っています。

思い浮かぶまま書きましたら、父のことだけではなくなりました。私を育ててくれたことのいくつかを書いたように思います。

「芹沢光治良」の娘というレッテルなしに生きていくつもりでした。平凡に、楽に、素のままの自分でありたいと思っていました。

父が亡くなって、「芹沢文学愛好会」の会員減少が気になって、私で役に立つのであればと出席するようになりました。それで「父の娘」として、また今回のように本を出すことなど、若い頃の自分には考えられないことでした。かけがえのない父を書き残せたのは、病気になり、老いたからできたことでした。

しろうとの繰り言をお読みいただいて、ありがとうございました。

詩の数編は、湧き上がるようにできあがったそのときの状況を思い出して添えました。

短歌は旧かなづかいにいたしました。

先輩であり姉のような梶川敦子様に背中を押され、父への思いと、いままで話せなかったことなどをこのようにまとめることができました。また、青弓社の矢野恵二様にはこまかいご配慮をいただきました。お二人に深く感謝申し上げます。

二〇〇九年末

野沢朝子

軽井沢 1982 年夏　左から叔父・小山武夫、娘・裕子

軽井沢 1962 年前後
2 人の娘と

導かれるままに

初出版　二〇一五年十二月二十五日

はじめに

八十歳の誕生日に、八十年無事に生きてこられたお礼にと、『山荘』を出版した。それによって、身辺の忘れられない事柄をまとめ、歩いた道を振り返ることができた。

一九三〇年一月に私は生まれたが、その翌年には満州事変、続いて三二年には上海事変が始まった。軍部の力が増大し始めて、暗い戦争の時代に突入しつつあったときだった。

物心つく頃から、日清戦争で敵に撃たれても突撃ラッパを離さずに死んだ兵士の話を美談として聞かされたり、明治からの勝ち戦を叩き込まれて育った。日本はどこよりも強い国と思い込んでいた。私が十一歳になったとき、アメリカ・イギリスなどの連合国軍と戦う太平洋戦争に発展して、銃後の守りとして竹やり訓練をしたり、なぎなたが授業にあった。

しかし、小学校低学年までは家庭内は平穏で、お手伝いさんが三人いる不自由を知らない裕福な暮らしをしていた。母が家事をしている姿を見たことがなかった。

一方で世の中は、国家権力によって、さまざまな統制が実行され、弾圧によって自由が奪われていった。終戦を迎えた一九四五年八月まで、まさに狂った軍国主義が幅をきかせ、戦争はみんなを一つの方向に向かわせて、必死に生きることを余儀なくさせた。

日ごとに空襲警報におびえるようになり、街が一夜にして焼け野原になるのを、身の置きどころのない恐ろしさで見ていた。食べるものが消えて、いつもお腹をすかせていた。

一九四五年五月二十五日の空襲によって、豪華な邸宅が焼け落ち生活は一転、疎開先の山荘で食料不足と、収入が途絶えた不安定な、家族だけのつつましい生活になった。それが私の少女時代だった。

終戦になると軍国主義はどこへやら、生活も考え方も表裏ひっくり返したように変わってしまった。

五十歳になっていた父は、住むべき家もなく、若い頃のように義父に頼ることもできず、娘たちも年頃になっているうえに、病気上がりの無理がきかない娘もいて、どん底から何としても生きなければならなかった。わが家族六人は、父の筆一本にすがって、東京でやっと見つけた小さな住居で生活を始めるようになった。

戦前は広々とした書斎で、大きなデスクで仕事をしていた父が、すり切れた六畳和室の片隅で、小さな置きごたつに原稿用紙を載せて、食べるためにせっせと小説を書くようになった。

もちろんお手伝いさんどころではなくなって、母は不慣れな家事を切り回すようになった。一方で、そういう生活の変化は、家族の協力と信頼につながったと思う。

私は戦後大病をしたが、その大病が人生の区切りとなったような気がする。死ぬところを助けられたことで、少女なりに感じるところがあった。うすうす神なるものの存在が意識されて、何度かふれられそうだったのにふれられなかったのが、「神」と呼ばれるものだった。

以来、はっきりしない何かに支えられながら、長い人生を導かれるままに今日まできたように思える。

ある日、山荘の縁で寝椅子に体をゆだね、もみじの大樹を見上げていた。かすかに風があるのか、下のほうの細い枝が美しくしなり、緑の葉がささやいているように揺れている。たどり着いた心境をもう一冊まとめようかな、と夢想していた。

「流れに身を任せて、あるがままに、なんのてらいもなく書いてごらん」

樹木と対話はできないけれど、澄んだ心で樹木を見上げて無の心でいると、瞑想している境地になってくる。樹木の言葉が自分のなかにストンとおりてくるような気がしていた。

さて、ここからは思いがけない訃報が入ったことを、書き加えておかなければならない。

妹・芹沢文子が、七日前の二〇一五年七月十七日の夜、苦しみもなく意識がおぼろになったまま天に帰った。そして今日、七月二十三日は文子の誕生日であると同時に、仏教でいえば初七日にあたる。文子は天国での父母のもとに、再び子として誕生したのだろうか。

文子を送った翌朝、乱れた心を治めかねて、私はこの山荘にたどり着いた。この二日間眠れないまま、終日一人きりで半瞑想状態で過ごした。

文子とはずっと助け合い心を許し合ってきたのに、晩年の十数年はお互いを避けて通るようになった。実に悲しいことだった。いつもそのことで自分を責めていた。父や母にあれほど尽くしてくれた妹と、どうして前のように打ち解けて話ができないのだろうかと。

原因は信仰観。神に対する考え方に距離ができて、お互いに譲れない信念が確固となっていた。それについてふれれば、傷つけ傷つくことがどちらにもわかっていた。

文子は父を送って以来、次第に宗教的な庵と称するところに取り込まれ、一途に飲み込まれていくようになった。私はこれでいいのだろうかと心を痛めてきたが、文子にはほかの世界は見えなくなっていた。その姿を父の立場で見て悩み、父がいたら苦しむだろうと思ってきた。

生前の父は、庵の当主である人物の後見人の役を務めてはいたが、娘の一人がその庵の主要な存在になるなどと考えたこともなかっただろう。

山荘の静かな真夜中、毎日二時半に目覚めて眠れなくなり、考え始めて朝を迎えている。まず思ったのは、文子に伝えるつもりで、私の心の道程を早くまとめなければならない、と急き立てられた。到達した信念を知ってもらいたいと願った。

文子を送る日に、彼女が傾倒した庵の当主に、私は十五、六年ぶりに会った。細かい経緯はあとの項（「聖母アンマのダルシャン」）に書いているが、彼に裏切られて以来、もう会うことはないと思ってきた。

抱かんばかりにして、ほほ笑んで手を差し出された彼に、

「傷ついた者は十五、六年たってもまだ心に傷が残っています」

そう言葉が出ていた。傷つけたほうは、とっくに忘れ果ててしまったことも、傷つけられたほうは、みじめに自信をなくして何年も苦しんだことをご存じないのだろう。なぜもっと早くそのほほ笑みで……弁解でもいい……傷を癒やしてくださらなかったのか。人の心の弱さも知らないで、宗教家としての看板を掲げて通れるものかと訴えたかった。文子との隔心の始まりだったが、いわば姉妹の仲を裂かれたようなものだった。

神に近づくために苦しみが必要だったことはあとになって気づいた。あの事件後に、神への意識が飛躍したからである。

傷つけた人との再会は、過去を水に流しての再会とはならなかったことを省み、一人になったときに、まだ修行が足りないとは自覚していた。

その事件は、それまでの信仰姿勢を問い直すきっかけになった。そのような体験を織り込みながら、今日までのことを書きつづろうと山荘での夜明けに考えていた。

生涯穏やかに、何の苦しみも悲しみも知らずに、終える方もいるだろう。けれども、一生の間には思いがけないことも起こる。生きて地獄を見るほどのつらいこともあった。一つひとつ乗り越えながら、人は少しずつ物事がわかり、心が柔軟になっていくのだろう。誠実に生きて高齢になったとき、それぞれに、それなりの天からの褒美が与えられるように思う。

1　神をめぐって

物心ついた頃から、私の家庭のなかにはなんの宗教というのではないが、偉大な力への畏敬があったように思う。父は天理教を批判しながらも、天理教的な神への理が根底にいつもあった。困ったことが起こったとき、

「天理教的な考え方で言えば」

と反省を促すようなことをきっぱりと言うことがあった。少年時代の天理教の呪縛を振り切ることができず、両親の信仰からの影響に反発していても、精神には天理教的なものがしみ込んでいた。

母方の祖母（藍川しむ）は日蓮への信仰に厚い人で、名古屋から上京すると、持参した日蓮上人のお軸を掛けて、それに向かって朝晩「南無妙法蓮華経」を唱える人だった。信仰のせいか、たいそう思いやり深い人で、「生き仏」と言われるほど人のために奔走し、誰からも慕われていた。

母は日蓮宗の影響は全く受けていない。

戦災で焼失した東中野の八畳の居間には、一間半の押し入れのように見える襖を開くと、なかに大きな白木作りの立派な神壇《しんだん》が納まっていた。母はその神壇に向かい「天照大神《あまてらすおおかみ》さま」を唱え、「播州《ばんしゅう》の親《おや》さま」と言っては祈っていた。母は播州の親さまとの出会いによって、神への目を開

かれたのだと思う。母はいつも、
「大難は小難に、小難は無難に、どうぞお守りください」
と眩くように祈っていた。あとになってこの祈りは、天理教教徒の方々の祈りでもあることに気づいた。

播州の親さまが天理教と関連があると知ったのは、播州の親さまについて知りたいと調べ始めてからなので、亡くなられて何年もあとのことだった。

私は天理教とは無関係に育ち、多くの方がもつ天理教への印象と同じように、なるべく避けたほうが無事と思ってきた。けれども天理教にふれずに、私の信仰体験を書くことができないので、天理教のことかと決め込まないで目を通していただければと思う。

その天理教の組織からは目の敵にされながら、戦前・戦中の厳しい時代に、人を助けて生涯を送り、不思議を見せてくださった一人の女性が実在していたことと、播州の親さまは、神に近い人として、一つの宗教にくくられる人ではなかったことを紹介したい。

お元気だった頃の播州の親さまに会った人がほとんど亡くなってしまったので、印象を書き残してほしいと、私は数人の方から頼まれていた。たまたま幼い日に、人を助けておられたお姿を見ていたことと、いまでも何かあれば「播州の親さま」とつい呼びかけては祈る自分を思うとき、書いておくのも私の役目かもしれないと思うようになった。

ところで母は、祈っているときは何も耳に入らず、ほかのことは一切忘れての一途な祈りだった。電話が鳴っても聞こえず、人が来ても気づかないというように。すべてを無視して祈りに集中できる人だった。

戦災で神壇も焼失してからは、手を合わせる対象は太陽だったり、播州の親さまのお写真になった。日常の些細な心配事でもあると、反射的に「播州の親さま」「親さま」と呼びかけながら合掌していたものだった。ときには、すがるように播州まで電話をしていたことさえあった。母の親さま信仰は徹底したものだった。

父のほうは『人間の運命』[1]などの作品を読むと、播州の親さまを信じて従う実兄を批判して、父自身は距離を置いていたように書かれている。父は母のように素直に親さまにすがるふうではなかったが、本心では否定できないでいた。

「神がおりるはずがない」

と自問自答しながらも、天理教祖、中山みきが没後三十年たったので、播州の親さま（井出クニ）に再び甦ったのかもしれない、と考えていたようだ。「神がかりの老婆」と作品には書きながら、実際は「親さま」と丁重に接していた。しかし、父の知性と理性が、母のように一途に親さまへの傾倒を許さなかったのだと思う。

私が小学校低学年の頃だった。ある日、関西からの帰りに沼津駅を通過するとき、初めて見る父の末弟、茂が父に用事があるらしく、松葉杖をついてプラットホームで待っていたことがあった。中学生の詰め襟の服を着た叔父は、痩せ細って小さく、足が悪いらしく貧相に見えた。間もなく足を切断することになっていたらしい。

親さまが東中野に来られたときにはその叔父はもっと痛ましくやつれて、松葉杖にすがって足を引きずりながらわが家に来た。そのときの状況を父は、『人間の運命』に書いているが、私が見た印象とは少し違っている。

叔父の足は誰の目にも播州の親さまによって助けられ、父もそう感じていたようにみえた。小学生だった私には、播州の親さまの印象は鮮烈なものだった。救世主そのもののように思えた。

小学生の頃の環境や体験から、私は成人してからも、救世主のように人を助ける使命をもった者が、どこかにいるような気がしていた。

播州の親さまが亡くなられてからは、生きる支えがほしくて、偉大な存在を求める気持ちがあった。父が元気だった頃には父に問いかけることができたけれど、それができなくなったとき、何年も深く思い悩んだ。

「はじめに」でふれたが、生前の父が晩年に後見人をしている（存命のおやさまから頼まれて）安心感から、私はある男性にのめり込んでいた十年間があった。

天理教では、教祖が亡くなられて姿はなくなっても、「存命のおやさま」としてはたらかれていると信じられている。存命のおやさまのお言葉を、代わりに老婆の声で大和言葉で話す、というのがその人の役目だった。私は存命のおやさまと、おやさまのお言葉を取り次ぐ彼とを同一視し、彼を特別な人と思い込んでしまっていた。そして、将来必ず人を助けていかれる偉大な存在になる、と期待する気持ちがあった。

『人間の生命』一九四ページを読むと、父はすでにある危惧を感じていたようだ。

「僕はある懸念をいだくのだが。「柱」[2]が、神の仕事をするのだからとて、尊敬して、特別な人間扱いをすることが起きたら、大変だ」

父が心配していたのに、その頃の私は、大勢の人と同じように、目先のことしか見えなかった。しかし時がたち、後見人である父が亡くなって、彼に歯止めがなくなった頃、おやさまの本当のお言葉とは違うような気がしてきて、迷いが少しずつ大きくなっていった。

「何か違う」

「父がいればどう思うだろうか」

ということがいくつかあって、私はついていけなくなった。そして神について、信仰について、傷つきながら考えた長くつらい期間があった。それに彼の行動は、父の哲学とは全く違っていた。

彼が終生、神のしもべとして、使命と離欲に徹して謙虚に質素に生きられたら、後見人としての父は、どんなに安心して天に帰られたことだろう。神は彼の人間としての器を試された。キリストの場合もそうだったように。私はそう考えるようになっていた。

あれから二十年以上もたち、いろいろあっていま、やっと私は「神なるもの」に近づけた安らぎを得られたような気がしている。

父の文学は、神の存在を抜きにしては考えられない。自分の両親の信仰生活を見てきた父は、宗教の被害者のようにも感じられて、信仰の問題から逃避して生きたいと思ったこともあっただろう。信仰を忘れて生きられたら、どんなに自由になれたことか。けれども、生まれたときから神の計画によって生かされ、もの言わぬ神の意思に言葉を与えるべく、亡くなる日まで神から離れられず書き続ける生涯になった。

老いて衰え、書く気力も弱まってしまった父は、一九九三年三月二十三日午後三時半すぎ、赤衣の存命のおやさまの胸に抱かれていた。青年が赤衣を着て、おやさまの声で、

「さあさあ弱ったか、弱ったか。さあさあ弱ったことはない」

と父への励ましのお言葉を始めた。小さく背を丸めた父は、そのとき神のみもとに連れていっていただきたいとお願いしたと思われる。残された原稿の最後にも親神様にそう願って書いているのだから。

「無信仰の自分が願っても、それは叶えてはいただけないこと」それが絶筆だった。父は偉大なる神を信じ、特に晩年の仕事は深い信仰があって為されたものであり、だから最後の願いは叶えられたのだと私は思っている。

赤衣のおやさまに抱かれた五時間後、父は入浴して身を浄め、昇天した。

あの召されたときの理想とも思える大往生や、穏やかな満ち足りた最期の顔を思い出すと、神に捉えられて使命を果たした自分の生涯を、悔いなく満足して逝ったと確信できる。苦境や病苦の運命も、父の文学への志を強くするものであり、修行の一つとして与えられたものだったように思われる。苦しみがあったから神を求め、神に向き合って生き抜いたのだろう。

晩年の父は、発表することに不安を抱きながら神シリーズの一冊目を書いた。私もさまざまな不安におののきながら、また書くほどのことはない、という自分の声に耳を傾けながらも、「いましかない」の思いで正直に来し方を省みたいと思う。

天理教教祖、存命のおやさまについては、あとの項で存命でおはたらき始められた初期だけを、ありのままに書きとめておきたい。

注

(1) 芹沢光治良『人間の運命』全十四巻、新潮社、一九六二—六八年

（2）芹沢光治良『人間の生命』新潮社、一九九一年、一九四ページ

注

播州の親さまは親さま、天理教教祖さまはおやさま、と記述し、両方のおやさまの場合は親様、と漢字表記する。

2　播州の親さま

いまも目をつぶると、播州の親さまがはっきりそのままのお姿で目の前に浮かんでくる。小太りで小柄な、丸顔の温かいおばあさん。黒の着物に、紋がついた黒羽織りを着て袴をはかれ、丸いメガネをかけておられた。ときにメガネがないお顔のときもあった。お姿やお顔を忘れることはない。

親さまとのご縁は、一高に在学中の父が肋膜と胃弱を助けていただくために、当時の天理教信者に連れられ、「兵庫県三木市高木」の井出クニ宅を訪ねたのが始まりらしい。

その頃の父は貧乏していて、三木までの旅費にも困っていたが、病気を治してほしい一心で行ったのだろう。このときに助けていただいたことから、知人に語ったり、のちに婚約した母やその両親を三木に連れて行くことにつながったのだと想像する。

父が病弱だったからこの出会いがあったのだが、私には神の計画の一つだったように思える。不思議なご縁の始まりだった。

『人間の運命』第六巻「結婚」[1]第十一章では、結婚した両親が一九二五年五月にフランスに留学する日、白山丸の出港に、父の兄の一郎と一緒に六十過ぎらしい肥ったおばあさんが、お供の婦人とともに神戸に見送りにきたことにふれている。井出クニは次郎を「弟はん」と呼んで、

「まことの強いお人やなあ」

と、手を取って声をかけている。『人間の運命』では、このときが初対面のように記されている。出港の記念写真には、実際に親さまのお姿も見られ、その写真は現存している。

大病を患ったパリで父は、

「播州の親さま助けてください」

とどんなに祈ったことだろう。生涯、神を求め続けた父のいちばん根っこに、播州の親さまの存在がなかったはずはない。心の支えだったろうと私は想像する。当時の母は、まだ播州の親さまに帰依していなかった。

さて、私が物心ついてからの親さまは、上京されると必ず東中野の家に泊まられた。焼けてしまった家の二階には、書斎のほかに十畳間が二間続き、その南に一畳の畳を幅にして敷き詰めた広い縁のある、豪華な客間があった。この客間は祖父（藍川清成）の上京のときに使用したが、

私の思い出には、親さまがいらっしゃる場所としての印象のほうが強く残っている。親さまに会いに、信者や病人などが次々に訪ねてきた。

親さまは播州から年に二回くらい、二、三人の付き人のような方を連れ、この二階客間にいらっした。父も母も大切にもてなしていた。母親の愛情に飢えていた父には、慈愛深い母を求める気持ちもあったのかもしれない。

親さまが二階にいらっしていたとき、大きな地震があって、階下で仕事をしていたお手伝いさんがあわてて外に飛び出したことがあった。それは地震ではなくて、親さまが客人の前で障子に手を当てたら振動して、振動が伝わって家中が地震のように揺れたのだった。親さまは、

「宇宙にあるのは振動だけ」

と言われているが、神の力を人間に知らせるのに、よくこの振動を起こされた。親さまのお体には、いつもこの振動があったという。私も実際に、目の前で親さまがふと立ち上がって、近くの襖に手をかけたら、始めはさほどの振動ではなかったのにそれが伝わって、そのうち地震のようになって怖くなったことがあった。親さまは、

「自分に神が現れたときから、いつも身体が振るうようになった。体に振動があるということは、えらい難儀やぜ」

と、そばの人に言われている。父の作品のなかにも、親さまが障子に手を触れると振動して、

家中揺れだしたというような記述がある。

振動については、あとに登場するインドの聖母と慕われているアマチも、いつも体が振動して止まらないと記述されている。アマチの手はいつも微妙に震えていて、一日に二、三時間しか眠らないという。この方はいま六十二歳だが、世界中の人を励まして、一人ひとりを抱擁することによって愛を注いでおられる。

おたすけ

親さまは優しくて、きた人には、

「待っていたぜ」

とニコニコと迎えられて、緊張して座る人に声をかけられる。病気の人には親さまに背中を向けて座らせ、その背中を丁寧に撫でたりさすったりしてお授けをされ、最後に背中に大きく息を吹きかけて、励ますようにポンと背中を叩かれて終わる。

病気の人が目の前で明るい顔で立ち上がり、抱えられるようにしてきた人が帰りにはしっかり歩く姿を見れば、キリストの奇蹟もまことのことと信じられる。しかし先天的なもの、生まれつき見えない聞こえないという人には、最初から駄目なものは駄目と言われる。そのかわりに生きていく力を与えられ、普通の人並みに食べていけることを保証された。

その頃、近くにさつま揚げを作って売っている店があった。そこのおかみさんが機械に指を挟まれて、一本の指先を一節切り落としてしまったことがあった。どこで聞いたのか、落ちた指先を包んで、真っ青な顔で連れられてわが家に飛び込んできた。

親さまはいたわりながら、おかみさんの指を自分の口のなかに入れて消毒するかのように舐め、同じように落ちた指先も舐めると、もとの形のようにくっつけられた。包帯を持ってこさせて巻かれると、

「よかったなあ。じきなおるぜ」

と、肩から腕の先まで両手で撫でられた。病気の回復は目に見える形ではわかりにくいが、このようなけがはもとどおりになったとはっきりわかる。居合わせた人たちのほっと安心した空気は、播州の親さまのほほ笑みで倍加されていく。

気が変になった女の人がきたときは、親さまが背中を何回かさすって息を吹き込まれ、最後に背中をポンと叩かれると、正気に戻って表情がやわらいだ。

このようなことが親さまの周囲で起こるのを見ると、誰でも救い主のように思う。

その頃の母は播州の親さまを頼って、何でも素直に言われるとおりに実行していた。母は昭和十年代初めに、喉が腫れて膨れ、眼球が飛び出す重度のバセドー病にかかった。心臓がドキドキ

して、少しのことでハアハアと息をするようになった。私は六、七歳だった。

母は医者に行くのはやめて、播州の親さまの懐に飛び込んだ。いただいた塩を入れた熱湯で、腫れた喉を一日数回湿布していた。金属製の洗面器を載せた火鉢の前に座り、喉が真っ赤になっても続けていた。タオルの両端をつまみながら熱そうにしぼる母の姿が、いまも鮮明に思い出される。

母のバセドー病はいつの間にか治った。

親さまのお塩は子供たちの具合の悪いときなどに、必ず塩湯にして飲ませていたものだった。病気によっては、漢方薬局で売っている草根木皮や、魚や動物の黒焼きなどを服用するようにすすめられたこともある。

思えば、先見の明もおもちになっていた。

いまから七十数年前、昭和が二桁に入った頃のこと、叔父の小山武夫が当時の支那（中国）に従軍中の話である。叔母は懐妊していたが、ある日流産しそうになって、心配した叔母の両親から電話があった。何年も待ってやっとできた初めての子供なので、叔父の留守中にそのようなことがあったら大変と、何としても無事に出産しなければと願った。

たまたま親さまは東京におられたので、父は親さまにお願いして助けていただいた。そのときに、

「お腹の子は女の子で無事に生まれる。その生まれた子からは何人も元気な男の子が生まれる」と言われた。私は十一歳くらいだったと思うが、父がうれしそうに話したことをよく憶えている。

そのようなことがあって生まれた女の子、つまり従姉妹《いとこ》とは、彼女が七十一歳で急逝するまで、夏の山荘が隣同士なので、若い彼女に助けてもらって仲良く付き合いが続いた。

彼女は男の子三人、女の子一人の母になり、孫は八人、全員男の子に恵まれた。

三年前の彼女の葬儀の折に、堂々とした立派な三人の成人した息子たちが母を送る姿を見て、大昔、播州の親さまがおっしゃったことが思い出された。播州の親さまの予言どおりだった。

一方わが家では、末の妹が生まれたあとのことだった。四人目も女の子だったので、両親は期待はずれだったのだろうか。親さまが家にこられたとき、五歳の妹文子の頭を撫でながら、

「この子がなあ、男の子の役をしてくれるぜ」

と言われた。八歳だった私は、頼もしい男の存在を思い浮かべて、不思議な気持ちを抱いたことだった。文子が八十二歳で生涯を閉じて、振り返れば、結婚することもなく父や母とともに過ごし、それぞれを守って送り、芹沢家を維持してくれてきた。親さまの言われたのはそういうことだった。

さて、親さまは重病を治しても、金銭を要求されることは一切なかった。あるとき親さまは真一伯父に、

「神さんの教えには、おたすけをして、人から金や物をもらうということはないぜ。この神様であるわしでさえ、物や金をもらってはないぜ」

とさとされたそうだ。伯父には十人以上の子供がいて、その頃、職をもっていなかったので生活に困っていた。信者たちが世話になったお礼といって持ち込む金品を、伯父がつい受け取っていたことについて、親さまは言われたのだろう。実際に、信者がお供えしようとした大金を受け取らず返されたこともある。逆に来た人に、半紙に包んだお札をニコニコしながら渡していらっした。当時の五十銭札や一円札が入っていたが、いまで言えば二百五十円や五百円ぐらいになるのだろうか。いただいたお札を財布に入れておけば、お金に不自由しないと信じられていた。私はいまもいただいたお札を大切に持っている。

この点がいわゆる宗教組織とは違っている。お金がある人も貧乏な人も区別なく、対等に誰でも助けておられた。のちに私は、本物かどうかの判断はここでできる、と思った。書・絵画や壺を売り付けたり、金銭を受け取る営業的な組織に、弱い者や貧しい者を助けることができるだろうか。お金にこだわりのない世界こそ本物の人助けなのであり、親さまは、

「人を助けると思ってはいけない。助けてもらうのは自分のほうや」

と言われている。そして、

「病というものが金や薬で治るのと違います。自分の誠で病はなくなります。金や薬で治るな

ら金持ちは死にはしません。どんな人でも一度は死にます。だから、一日でも心やさしくもって人も喜ばし、家内も睦まじく暮らして我が国の名誉を世界に見てもろうてゆくのが我が国のためかと思います」

と話された。

父は親さまと、両親の信仰する天理教教祖さまとがダブって、神がかりがどういうことかずっと興味を抱き続けていたと思う。のちに資料集めなどの苦労にもかかわらず、それでも教祖さまを書こうと思ったきっかけは、播州の親さまとの出会いがあって、播州の親さまの行動を見ながら天理教の教祖さまの生涯にも関心をもち、教祖さまについて書く意欲につながったのだろう。

戦争を経て

東京の高砂にも信者が集まる場所があったので、親さまは春・秋の二回、播州から上京されていた。一九四四年（昭和十九年）の上京が、戦争のために最後になり、日本中が戦争の渦に巻き込まれていった。その頃のことだったただろうか。

東中野の二階には、伯父真一の案内で日本政府の高官や軍人が親さまを訪ねてこられていた。親さまは厳しい口調で「無条件降伏」を説かれていたらしい。内容はよくわからないが、緊張感のある談合が戦争に関することらしいと、子供の私にも察せられた。日本の将来を思い、戦争終結を望んではたらきかけておられたのは事実だった。

しかし、これよりもずっと以前のこと、一九三六年（昭和十一年）に、親さまは第二次世界大戦を予言されている。四〇年（昭和十五年）には近衛総理が、

「アメリカと戦争をする支度を始める」

という内容を新聞記者に話したときから、伯父真一を使って、政治家や外交官相手に対米戦争反対の政治工作をされていたらしい。しかし、翌年十一月には東郷外相の説明から、それが無駄だとわかった。

この頃から親さまの存在が、知名の士の間に知られるようになったと伯父は書いている。実際親さまが東中野にお泊まりになった日は、政治や外交関係の人々の出入りで、異常な雰囲気が漂っていたのを覚えている。

朝日神社が出した小冊子には、

「戦争をしてはいけない」

というお言葉に始まる親さまと、当時のリーダー的存在だった白鳥敏雄氏との交渉が記述されているが、当時の様子の一端がうかがえる。白鳥氏はのちにA級戦犯として、終身禁固刑の判決を受けたが、喉頭癌によって死去している。

その頃の鮮明な記憶がある。一九四三年（昭和十八年）、春になったばかりだっただろうか。あるいは四四年だったかもしれない。親さまが東中野にいらっしたときのこと、アメリカの偵察機一機が低空で音を立てて、庭の上空を飛んでいった。何げなく見上げていて、

「あら、アメリカのマークの飛行機よ」

と騒ぎになった。天気のいい昼間だった。敵機が通過しただいぶんあとに、初めての空襲警報が発令され、鳴り響いた。そのとき、わが家の階下の和室に女の付き人と二人で立たれていた親さまの姿が、一枚の画像のように私の頭にはっきり残っている。空襲警報に対する驚きとともに、お元気な頃の親さまのお姿として忘れることはない。

親さまはそそくさと播州に帰っていかれた。それから戦争が激しくなっていき、東京は頻繁に空襲されるようになった。

人が神

親さまは、

「神とは、わからないものが神である。このわしがわからない以上、人間にわかるわけがない」

と言われている。それが亡くなる一年半ほど前、一九四六年（昭和二十一年）二月六日のおつ

とめの朝、神殿に立たれて、

「わしが神として、この世に現れたのは

人よりほかに神はない。

人が神や。

これを教えるためや。

これを教えたからには、神は二度と、

人間の上には現れないぜ。

人に現れるのは、これでおしまいや。

どうぞみなさん、お互いに神になって、通ってくだされ、頼みます」

と宣言された。このお言葉を味わってみると、親さまはじれったい思いをされただろうと痛切に思う。人はわかったように聞きながら、本当は何も理解できていなかったと思う。私自身、何十年も「人が神」と認識できないできた。いろいろ寄り道をして、晩年になってやっと「人が神」というところにたどり着いた。一人ひとりの心（魂）に神の存在を信じて神を知り、自分を信じて生きるべきだった。それぞれ分けみたまとして神を頂いているのだから。

旧約時代の予言者をはじめとして、仏陀やキリストにおりられた神が、人間、井出クニにもおりられた。一万年以上も前から、神は人の上に現れて救世主としてはたらかれてきた。そして遺言のように「人が神や」と宣言され、「神は二度と人間の上には現れない」と示された。いまや一人の人間におりた神が示現されて、不思議をみせるときではないと示された。人間だけがわが心を知り、神を知り、人すべてを神として崇め通る神心をもっている。信じ合って生きることで、神からの教えである「人が神や」を実践していくことができる。偶然とは思えない出来事に気づいたり、不思議な現象を敏感に受け止めていくと、自分の魂が高められていく。誠実に生きていくことである。

親さまが亡くなられて四十年近くたった（一九八五年か八六年頃）ある日のこと、当時福島近辺に住んでいた伯父真一が、東中野の家に父を訪ねてきたことがあった。伯父は九十歳をとうに過ぎていた。生涯播州の親さまを信じた人なので、父はこの機会に伊藤青年に会っていったらどうかと話していた。伯父の耳はとても遠くなっていて、そのために二人は大声で話していたのが、だんだん論争のようになっていった。ついに伯父の声は怒りに変わっていた。

「親さんが、神は二度と人間の上に現れない、と言われたのにそれを信じないのか」

という。父が言う「中山ミキの言葉を取り次ぐ人」などまるで聞く耳を持たなかった。当時の私は伊藤青年を受け入れていたので、伯父のことをなんて頑迷な素直でない人なんだろうと、気の毒に思えたものだった。

伯父の播州の親さまへの信仰は四十年たっても揺らぐことがなく、信念を曲げることのない伯父のほうが正しかった。私は親さまのお言葉「人が神」をうやむやにしていたことを、深く反省している。

時がたってはじめてわかることがある。時がこなければ判断できないことがあるのは事実だ。

晩年――朝日神社

親さまは、一九四六年四月に三木市高木の井出家の家屋敷を神社法人にされて、朝日神社として登記された。そして、井出家の全財産を朝日神社に寄付されている。親さまの死後を考えられてのことだった。水・火・風三体を奉祭し、天照大神・明治天皇・親さまをお祀りして、亡くなられてからも信者がお参りできる場所とされた。親さまは冷静に自分の死を見つめられて、準備をされた。

一九四七年（昭和二十二年）七月五日から、死の床につくための断食に入られた。それから二カ月後、お祭り日である九月六日正午近くに逝去された。それはお考えになっていたことだった。亡くなられても親さまは朝日神社に鎮座され、来る人々に力を貸してくださっている。いまも存命の親さまとしてはたらかれているのを感じる。

私は長い間、行きたいと思い続けていたが、なかなか行かれないでいた。結婚して二十数年がたち、夫と訪ねることができた。私の記憶どおり、鉄道線路のすぐ前に神社はあった。神社といっても、古い大きな民家のような昔のままの建物だった。さまざまなことが思い出され、やっとこられた喜びがあった。

朝日神社はもちろんだが、いまは井出家の養子、神沢家の住居になっている、親さまの旧宅にもいった。そこは一九〇九年（明治四十二年）八月十五夜の夜、庭に天から火柱がおりたという大切な場所である。しめ縄を回して、小石が積み上げられていた。墓所は歩いて三、四分の静かなところにあり、黒い球の形をした墓碑には、

「心尽之命之墓」

と刻まれている。墓所も生前の親さまが考えられていた。旧宅や墓所を案内してくださったのが神沢家当主だった。

朝日神社に入ると、七、八十畳はあろうかと思われる広い部屋で、正面に神殿がある。したがって、参詣者は靴を脱いで上がる。それは親さま生前のままだった。幼い頃連れられて来たときの、原風景そのままに感じられた。部屋の片隅には座布団がいく山にも積み重ねられている。いまも大勢の人が集まる雰囲気が感じられた。夫は興味半分、女房に引っ張られて観光ついでという気

持ちで行ったのだったが、それなりの感慨をもったようだった。

二度目に行ったのは父が亡くなってから、一九九三年に父の昇天の報告と、いままでのお礼をしなければと思っていたとき、秋のクラス会が京都であったので、翌日朝日神社に立ち寄った。父や伯父真一をよく知っていた男の方が、神殿の二階に案内してくださった。二階に上がったところに、等身大かもっと大きい親さまの写真があった。

その部屋の前に座った途端に、涙が溢れて止まらなくなった。そこは七、八歳の頃に確かに母と座った場所であり、そのお写真のところに親さまがちんまりと座られていたのが、はっきりと思い出された。あれから七十五年以上の年月が流れて、まるっきり忘れていた情景だった。あのときの母はもうバセドー病が治っていたのかさだかではない。けれどその母の横に小さかった私が座っていたのは、確かにここだった。

あのときから戦争の苦労を越え、長い年月が過ぎ去り、親さまも母もとうに亡くなっている。そして父を送ったばかりの私は、すべてご承知の親さまだから、ただ、

「長い間ありがとうございました」

と、さまざまな思いが頭の中をめぐるなか、手を合わせていた。数えきれないほど親さまに助けていただいて、いまがある。

階下の神殿の片隅に、年配の女の人が座っておられた。思い出話を語り合い、持っていった親

さまの直筆の「万人の力」と書いたお守りのお話もした。戦争中、出征する兵士に生きて還るようにと、晒し木綿で腹巻きにして、そこに一枚一枚書かれていた。この腹巻きをして亡くなった人が一人だけいたそうだ。親さまは、その人は日本に帰ってきても都合が悪い人だったから、そういうことになったのだと伯父に話されている。

私は動員学徒として、日本橋の落下傘工場に通うことになったので、心配した両親がお願いして書いていただいた。私は腹巻きにする必要がなかったので、長い和紙を幅にそって二つ折りにしたところに、横書きに「万人の力」と書いていただいた。このお守りは何度かなくなって大探ししたが、そのときは出てこないのに、不思議にいつも忘れた頃に見つかり、いまも私の身辺を守っていただいている。大切な宝物である。

一九八一年末、母が舌癌で最後の入院をして、舌に腺を通す大変な治療のときに、

「親さまが守っていてくださるから」

と母を勇気づけたのもこのお守りだ。母はお守りを入院中いつも枕の下に置いて、親さまに励まされながら乗り越えた。

その女の方も当時のことをよく知っておられて、兵士は腹巻きの晒しにシラミがわいて大変だったそうですが、無事に還られた方ばかりでした、と話してくださった。

いまも朝日神社では、来た方に塩を渡しておられる。月日が流れ、親さまにお会いした方も数

少なくなっている。救世主のような方が実際におられて、人を苦しみ痛みから助けられたことを証言できる人がいなくなるのは残念に思う。

二〇一三年九月には、芹沢文学愛読者の静岡のグループの方たちと朝日神社を訪ねた。

私は三年前に出版した『山荘』を親さまにお供えしたいと願っていたので、いい機会と参加を決めたのだった。播州の親さまに会ったことのない愛読者の方々が、神殿に座って手を合わせて祈っている。そのなかには、朝日神社に助けられたのでお礼にきた、と言う人もあった。親さまがはたらかれたのだろう。

一階の洋間に案内していただいたが、洋間の記憶は全くなかった。立派な部屋だった。朝日神社のなかに立って四方の庭を見回すと、懐かしい昔そのままに維持されている。

天から火柱が降りた場所では、そこにも小さな神殿が用意されているのを今回初めて知り、この小石の小山から小石を一個ずついただいたのも初めてのことだった。掌のなかに丸く温かく小石は収まった。うれしいおみやげだった。

播州の親さまの思いがそのまま受け継がれている質素で温かい空気にふれ、何とも幸せに感じた。

播州の親さまと天理教

私の子供たちが幼い頃、家族四人で関西観光旅行をしたことがある。宿泊費が安いからという申し訳ない理由で、天理の詰所に一週間ほどお世話になった。そのとき、天理に住んでいた叔父の芹澤茂の案内で、教祖殿をはじめ、お地場のすべてを回って説明してもらったことがある。

この茂叔父は、その昔中学生のときに、松葉杖をついてやっと歩いていた足を播州の親さまに治していただき、以来全く不自由していない。そのとき浪人中だった叔父は、

「今度は一高に入れるようにしてあげよう」

と親さまにいわれた。その入試になぜか叔父の不得手な英語がなかったので無事にパスできたのだと、あとになって笑いながら話してくれた。叔父は天理教教祖さまの研究に打ち込み、『お筆先』の研究で第一人者となった。私が信仰について苦しんでいたとき、寡黙なこの叔父のひと言が、自分なりに納得でき、目が覚めた思いをして助けられたことがあった。

お地場では朝早くからお勤めの太鼓が鳴り響き、ひざまずいて神殿の回り廊下を乾いたタオルで拭く若い信者の姿など、幼い娘たちと天理教の雰囲気を味わったのも、もう六十年も前のことになる。教祖の生涯も本を読んで知っていた。一八六三年（文久三年）、中山みき六十六歳のとき、兵庫県旧三木町に吉永亀吉と立つの長女として生誕されたのが、播州の親さまだった。吉永家は

代々播州の鍛治屋だった。

天理教教祖が亡くなって二十五年たったら神はもう一度現れて、三十年したら教祖のいたところに現れる、と教祖中山みきが予言されていた。それで古い天理教の信者は教祖の予言を信じて、現れるのを待っていた。播州の親さまご自身も、

「天理教教祖が予言したとおり、もう一度現れたのがこの「わしや」」

とみんなにいっておられた。

一九一〇年（明治四十三年）三月二十六日に、播州の親さまは三木の人たちと伊勢参りの途中で天理に立ち寄っている。そして七月には「天理教日本廻国」ということで、兵庫県下の天理教の教会を歴訪されているが、気が狂った人としてむごい仕打ちを受けられた。一二年（大正元年）、教祖二十五年祭に書面を送り、一六年（大正五年）の教祖三十年祭の八月十四日には、教祖の予言を全うするために、天理教本部に乗り込まれた。本部では、本部員が親さまを力ずくで引きずり出して、警察に突き出した。

この天理教本部であったことを、親さまは写真入りで詳しく『みのこころえのはなし(2)』という直筆を印刷したものに書かれている。それは天理教教祖の予言を果たしたけれども、天理教が神の教えとは違ってしまったことを示すと同時に、これからは天理教とは関係しない意志も示されたと考えられている。

しかし本部で親さまのお話を聞いた天理教信者のなかには、教祖さまが予言された神の再来にまちがいないと信じて、三木市高木を訪ねるようになった信者もいた。

天理教教祖の曾孫の福井勘次郎もその一人で、「この人はおやさまの予言した神」と信じて、三十代からずっと播州の親さまのところで寝泊まりするようになった。このことを天理教本部では不満に思い、以後、教祖の曾孫であるにもかかわらず、福井が本部に立ち入ることを禁じた。播州の親さまは自分のせいで彼に苦労をかけたと苦しまれた。『みのこころえのはなし』に、どうぞ福井さんを本部へ入れてあげてください、と願われている。天理教本部では許すことはなく、福井はそれから播州の親さまの唯一の弟子として、生涯親さまの傍らで、祭祀からおたすけを手伝い、親さまが亡くなられてからも朝日神社を守り、神社の神主の役を果たされた。

この福井勘次郎のことは、『人間の運命』の第二巻「友情」(3)に登場しているが、第三部第二巻「再会」(4)の終わりにも記述されている。

一方天理教では、三十年祭を目前に、一九一四年(大正三年)十二月三十一日に初代中山真之亮が、四十九歳という若さで出直され、二代真柱になるべき正善はまだ数え年十二歳だった。本部員は教祖の予言には目をつぶって、播州の親さまを手荒に追い出すことによって、天理教の組織を守ったのだと思う。

天理教は一八三八年(天保九年)十月二十六日に、大和の一農家の主婦で、夫も子もある中山みきによって始められた。

「みきを神の社にもらい受けたい」との親神の意志により、人間中山みきが人として苦悩の果てに、四十一歳のときに教祖となった。波瀾を乗り越え、外からの迫害も次々に起こるなかを、「おやさま」と慕われて、おたすけをされて生涯を送られている。

播州の親さま（井出クニ）は、吉永家の長女として婿養子を迎え、三人の男子の母親だった。子供たちが大きくなったあるとき、明けの明星の魂が自分のなかに飛び込んだように思った。その後、いままでの生活から逃れるように、あるいは親神様からの命を受けてのことか、夫や子供や家を捨てて、一九〇〇年（明治三十三年）、やすり鍛冶をしていた井出千太郎（千蔵）の妻になった。親さま三十八歳のことである。クニの身体に神が入り込んだと思われる〇八年（明治四十一年）、初めは体が震えたり一尺ほど飛び上がる不安な日々が続き、

「広い世界を眺めても、人間助ける人がない」

と聞こえてくるようになった。そのうち目が見えない日があったり、声が出ない日があったりした。困ってしまったクニの口から、

「助けてくだされ。助けてくだされ」

と言葉が自然に出てくる。そのうち両手がくっついて離れず、人の手を借りなければ何もできなくなった。とうとう、

「こんな具合なら、なんなりと人様の役にたつよう、助けさせていただこう」

と思ったところ、やっと体が自由になった。それでおたすけを始めることにした。と、直筆の『みのこころえのはなし』に書かれている。親さまご自身、

「どうぞみなさん聞いてくだされませな」

と言って、

「私は神様と言われるようなものとは違います。もと、私はこういうことになりましたのは、実は私、自分のおこないが悪いために罰があたったと思うておりました」

と話している。クニ四十六歳のことである。またこのとき、クニの身体を神様の御用として使用するための問答が、クニと井出千太郎の間でおこなわれた。

「おやさま」「播州の親さま」お二人を並べて考えてみると、共通点が多いのに気づく。片田舎の小さなところから、人々によく伝えられるように、一人の女としての両おやさまに、人助けの役割を神はゆだねられた。

どちらも関西の田舎で、名もない普通の子をもつ主婦だった。

中山みきには乳飲み子を含めた四人の子供があったし、井出クニには、置いてきた成人した三人の子供がいた。

中山みきは四十代で突然神が入り込み、初めは身体が小刻みに揺れたこと、人間としての極限

の状態まで追いつめられて、「神のやしろ」となる決心をされる。どちらも四十代で神とつながりをもたれている。

お二人ともに、子を生み出す母親の魂を宿しておられたと言える。また同時に「おやさま」は人類の母なる神「いざなみのみこと」の魂をもつ人であり、「親さま」は「天照大神」の魂をもつ人と言えるだろう。魂の因縁を感じる。

それぞれの現れた時代を見ると、天理教の出現は西欧型文明の幕開け時代であり、鎖国政策のなかで、封建体制の平和を保ち続けていた日本に、開国か攘夷《じょうい》か意見の対立が生まれていた困難な時期である。

播州の親さまの時代は、世界大戦に参戦して、満州事変から日支の全面戦争となり、太平洋戦争、やがて終戦に至る戦が続いたあげく、戦後の多難な時代に入る頃だった。

両おやさまの顕現は、世界史的にも日本の当時の状況から考えても、人智を超えた神の計画のように思われる。神は日本の改革のために、また世界平和の礎をつくりたいと願って、時をみて両親様を日本の民衆のなかに投ぜられた。

播州の親さまご自身にしても、天理教との関係があった。実母である吉永家の母は天理教を信仰していたので、親さまも五歳の頃から母が死ぬまで、母に連れられて天理教の兵神教会三木支部に頻繁にいっていた。そして神様の話に心を打たれたこともあり、鳴り物（楽器）も覚えられた。

そして嫁いだ井出千太郎の母も天理教信者だった。天理教とこのような関係があったので、神に選ばれたのかもしれない、と井出クニ自身が考えたのも不思議ではない。

井出クニが出生され、生涯を過ごされて、いまも朝日神社のある場所が「三木」というところである。天理教教祖のお名前が「みき」だったのは偶然だろうか。

私はお元気だった播州の親さまにお会いしていること、天理教にもご縁をいただいて、存命のおやさまからお言葉を聞いている。いまこのように書いていることに、不思議な思いを抱いている。

振り返れば、夫は犬を連れての散歩の道すがら、近くの天理教会本草分教会の方と声をかけあうようになった。誘われて誕生祭にお地場にご一緒にいったりして、親しくなった。それまで宗教的なものは一切受け入れなかった夫がこのようにして、天理教とご縁ができたのも不思議に思える。自然にそのようになっていた。

夫が病気になり、死が近づいたとき、この本草分教会会長ご夫妻が頻繁にきてくださって、手助けしていただいた。私はそのときのご恩に報いるために、夫を送ってから分教会の月例祭に出席するようになり、十年お祭りに参加させていただいた。十二下りも覚えて舞いながら、東京高砂のお祭りの日に、天理教と似た神楽を数人が舞っていらっしたのを思い出したこともあった。

私にとって両親様はともに大切な方であり、すべては事実だったことを証明できる。

このような私の出会いも、神の計画に組み込まれているのだろうか。

親さまの教え

播州の親さまの教えは、天理教のそれととても似ている。書き出せばいくらでもありそうなほどである。親さまが五歳のときから天理教の教会に通われていたとすれば、当然、教えが身に付いておられたと思われる。天理教の信者ならばよく知っている戒めである、欲しい、惜しい、可愛い、憎い、恨み、腹立ち、欲、高慢の八つの埃《ほこり》を取り去って、誠の心になるようにと播州の親さまも言われる。親さまは、八つの埃を払うのはとても難しいから、自分の心でわきまえ、八つの埃の正味を楽しんで、喜びのなかで自然に取り去れるようにと説かれている。

また、根本的な理の一つとして、夫婦仲良く立て合い助け合い、と言われる。

「夫婦は人にならず、神様同士になりて、互いに、信じ合いをして、その日を睦まじく、心祈るべし」

と、『みのこころえのはなし』に書かれているが、天理教においてもまたしかりである。夫婦の心の和合によってうまくいくように、すべてのことは合わせることによって成就する、と教えられている。

「一世みかぐら歌」には、天理教のみかぐら歌の座りづとめ三首とよろずよ八首がそのまま使われている。かぐらづとめになると、三下り三十首は播州の親さまが創られたもので、天理教のかぐらづとめは全十二下り約百二十首なので、内容も全く異なっている。

また、祈りの言葉と題して『心のはらい』[5]が作者井出国子として著されているが、親さまが亡くなられたあと、一九六六年（昭和四十一年）九月に印刷されたものに、

「天理せかいまことをいのりたてまつる
一わあまてらすをみかみをいのりたてまつる
二わ明治天皇をいのりたてまつる
三わわかしそんをいのりたてまつる
みんな人わこの三天をいのるべし」

とある。

そしてこのあとに「一下り」ほどの祈りの言葉が続く。天理教とは全く異なる独自の祈りである。信者はいつもこの言葉を唱えて祈っていたのだろう。

親さまは世界人類の平和と幸福を願っておられた。神がかり以後の四十年間、官憲に対し、社会に対して一貫して無抵抗主義を通された。このことも中山みきと同様といえる。

たくさんの奇蹟的な事柄をはじめ、貴重な教え、直筆で書かれたものなど、とてもここに書き

きれるものではない。しかし私は、親さまにふれた者として、その証人としてわずかでも書き残しておきたかった。

朝日神社では立教九十年祭を、一九九七年四月六日に施行している。そのときの祭文を、朝日神社代表役員の神澤道一氏が読まれている。

「『わしの教えは宗教ではないで、人間として守らねばならないことを教えるのや』とも申されました。私たちは我が身思案による心に影と悟り我欲を忘れて神にもたれ親さま四十年の道すがらは、幾多の苦労が払われてきた道の歴史に照らすとき、ありがたい今日の道であります。難儀苦労は転じて楽しみに、失望不安は希望に切り替えていただける」

立教百年祭は二〇〇七年四月になるのだが、たぶん百年祭もおこなわれたのだろう。私は迂闊にもそのことに気づかずに過ぎてしまい、神社にも行かなかったことを残念に思っている。

年祭には関係なく、いまも存命の親さまとしてはたらかれていることを私は感じている。親さまのご守護に支えられ、お元気な播州の親さまにまみえた幸せをかみしめている。

母が生涯、朝の太陽に掌を合わせて祈っていた姿は、播州の親さまからお話を聞いて実践していたのだった。神に従う母の姿勢を尊いものと、神にもたれきって通った母を思い出している。

注

(1) 芹沢光治良『人間の運命』第六巻・結婚、新潮社、一九六四年

(2) 井出国子『みのこころえのはなし』吉田廣輝、一九二六年

(3) 芹沢光治良『人間の運命』第二巻・友情、新潮社、一九六三年

(4) 芹沢光治良『人間の運命』第三部第二巻・再会、新潮社、一九六八年

(5) 井出國子『心のはらい』大村活版製造所、一九六六年

3 存命のおやさま

おやさまとの関わりは一本の電話から始まった。

「昨日大変なことがあったのよ」

妹の文子の電話の声は興奮さめやらず、天理教の教祖さまが父の芹沢光治良に「たのみたきことがある」とおっしゃっているからと、一人の青年が突然現れたことを伝えた。その日のことは『神の微笑』(1) 第八章に書かれている。文子は違った表現で驚きを語ったけれども、そのとき、私は半信半疑だった。そんなことがあるだろうか、という思いと同時に、遠い昔、幼い頃に見た播州の親さまのさまざまな不思議なことが断片的に頭をよぎって、この世には考えられないことも起こ

るから、と考えながら文子の話を聞いていた。私の価値観が変わるほどのこととは思いもしなかった。

その日から五年半の月日が過ぎた一九九一年四月十五日に、おやさまは私に、

「自分なりに、いままで見てきたこと、またお話を聞いてきたいろいろの流れがありました。それを記録に残してほしい。わしの言うてきたことを書き留めてもらいたいのや」と話され、私の手を取られて、

「まとめる力を与えておく」

と言われた。

「百年先、二百年先、千年たったとき、この道を学びたいと訪ねくる者のために、残るようなものを書いてほしい」

あらためて書きながら読みながら、私にとって神さんの道がわかってくるのだから、と続けられた。

「いま忘れないうちにどんどん書いておきなはれ」

私は青年の口を通して、たくさんの指針や忠告をおやさまから受けて助けられて生きていた。現在は庵の当主になったその青年から遠く離れてしまったけれども、「成ってくるのが天の理」とたびたび言われたおやさまのお言葉を思えば、そのことも天の計画だったと受け止めることが

できる。しかし、「残るようなものを書いてほしい」と言われたおやさまのお望みを果たしてこなかったことには、忸怩《じくじ》たる思いが残っていた。

それで、存命のおやさまがおはたらき始められた初期の頃と、当時のお言葉のいくつかを書き留めておきたい。また、その頃青年を中心に何度もした旅のなかから、チベットの旅を選んで、存命のおやさまにお供えさせていただこうと思う。庵を主宰するようになった青年の行動は、初期には純粋に動いていた。

ご縁がつながった文子からの電話は、一九八五年秋のことだった。

私が初めて直接におやさまからお言葉をいただいたのは、翌年の春になってから父の家でだった。当時の私は自分の意志を通すことは当然のことと考えて、わがままに生きていた。だからきっとおやさまから叱られるだろうと、緊張して硬くなって座った。そういう私を、おやさまは優しく包み込むように話された。

その頃、私は天理教をあまりよく知らなかったので、天理教の言葉遣いや意味もはっきりわからなかった。そのような私に、おやさまはとても優しく話してくださった。

「おなごは花の心で通りなはれや」

百合のように心を低くもって、とげとげしい心を使ってはいけないというようなお話をされた。

それで優しいおやさまと安心して、川口にも初めてお参りに行った。

一九八六年五月八日だった。お祭りの日といってても始まったばかりで、十人前後集まればいいほうだった。昼食時間になると、お言葉を取り次ぐ青年の母上が、四角い大きなテーブルを用意され、心づくしの食事を出されていた。炊き込みご飯に味噌汁、お新香など、若い人は遠慮なく温かいご飯をお代わりして、おやさまのお言葉どおりの、実家に帰って食事をいただくような家庭的なお祭りだった。

川口の弥平という場所にあった青年の家は、川口から十五分バスに乗ったところにあった。六畳二間で、同じような家が数軒並んだ長屋風の建物だった。小さく質素な家だったが、おやさまは昔住んでいらした家と作りが似ていると、気に入られていた。

奥の天井近くに神棚が祀られ、その下の赤い座布団に青年は赤衣を着て、おやさまのお言葉を取り次いでおられた。

「ごくろうさん、よう帰ってきたな」

どの人にもまずねぎらいの言葉をかけられる。播州の親さまのようだった。

その日は、

「母のつとめ妻のつとめと、一日日頃ともどもに、不足の心半分喜び半分、贅沢半分の心で通ってある。そやけども、まっこと親の心というもの、大人の心というものをしっかりすえんとならん。ことごと言わんでもわかるやろ。にちにちあんたの通っている道や」

と、いままでになく厳しい口調で始まった。そして、

「何かのために、誰かのために、夫のため子のため孫のためにさせていただくという心をもつことや。自分のためは後回しにして、世界のために何かをさせてもらうということが家のなかを変えていく」

と続けた。主人の頑固さに心の中でいつも反発していた私に対して、

「たとえ片方が頭が硬くても、それは自分の頭が硬い証拠や。温かいぬくい心をもって溶かすようによう言うておくのや」

と言われた。それから立ち上がり、神棚に供えてあった水をおろされて、

「これをどうぞ飲んでおくれ」

と私に差し出された。

「さて、なぜ水を飲ませたか。あんたは勝ち気な心がとても強い。そやから水を飲ませたは、水がたらんからや。乾いていますのや。熱い心で乾いているのや。今日飲んだ水は、神からのあんたちょっと熱しやすいところがあるで、と水をかけて、神が水を飲ませてほどほどにしたのや」

そして最後には、

「水を飲ませた理をよく覚えて通りや。これからは堪能して通りや」

この日の厳しさは格別だった。この頃の私の家での言動について厳しく批判された。それは、おやさまは何もかも見ていらっしゃる、という確信になり、恐れでもあり、同時に私の立場はいつもよくわかっていてくださる、という信念にもつながっていった。

「おやさまは仕込みがいがある人にはとても厳しくおっしゃるのよ。この人は駄目と思う人にはあんまりおっしゃらないから」

ともにおやさまのお言葉を受けていた文子は、慰めなのか、そう言ったものだった。厳しいお仕込みをいただくうちに、おかげで私も少しずつ角がとれ、まず人の立場になって考えることが身についていったと思う。おやさまは文句を言いたいとき、

「水をごくんと飲むように、まず文句をごくんとお腹に飲みなはれ。ごくんと文句を飲んで、そして結構さん、文句を言わんでよかった。というようにならんとあかんで」

と、具体的な方法まで教えてくださって、導いてくださった。また、子供の悪いところを見たとき、自分が仕込んだ子供なのだから、まず自分自身を振り返ってみて考えるようにとも話された。子供にこうあってほしいと思ったら、まず自分が行動で見せていかなければいけない、と私にもわかるようになった。存命のおやさまによって、私はずいぶん変わることができた。

その頃の彼は二十二歳で痩せて若々しく、いつもジーパンにTシャツ、寒いときはジャンパーという姿で、スニーカーを履いて、街で見かける青年と少しも変わらなかった。素直な方だなあ

と思い、受けた印象は大変清々しいものだった。

数日に一度くらいのわりで父のところに来られ、お話が終わると時間を気にしながら、新宿のお店にアルバイトのために急がれる。

おやさまは父に書くことを急かされて、そのために父はお力をいただき、白内障が回復するようにお息をかけていただき、体のあちこちにお授けをしていただいて、次に来られるまでの元気な生命をいただいていた。父は作品のなかで自分でも書いているが、ずいぶん衰えていた。健康になりたい一心で、鍼や温灸、漢方薬とあらゆる方法を試みていたが、灯火が消えそうな命だった。しかし、突然の孫か曾孫ほどの年齢の彼の出現によって、作品を書く使命を与えられ、再び灯を点していただいたようなものだった。おやさまは書くことを厳しく命じられ、

「読み返すのもいいかもしれんが、人を助けたいと思うならば、急ぎなはれや」

と言われた。あそこが足りない、そこを書かなあかん、ここがおかしい、といつも父の原稿に目を通されているように指摘された。おやさまからいただいた赤い半纏を羽織って書斎に閉じこもる父を、

「大変だなあ」

と同情することもあった。頑固な老人が、おやさまのお言葉には素直に従って、それは信頼する母親への子の姿にも似ていた。

『神の微笑』が書き上がってほっとする間も与えられず、一九八六年五月十二日、おやさまは父に、

「あんたはすぐ忘れやすい」

と指摘され、だからくどくくどく言うのだと、書く使命を諄々と説かれている。聖なる書を書いた「ヨハネによる福音書」はとても重要と話されてから、次のように言われた。

「ヨハネも三つの書を書いた。まず第一に福音と手紙と、そして最後のものや。あんたもそれを書かんとならん。それは前世よりのあんたとの約束や。まず、神の喜んだほほ笑みを書いて、次にあんたはほんまに神がどないな手紙を自分にくれたやろか」

と、考えることを求めて、テープに録音されたお話をワープロに起こしたものを繰り返し読んでみれば、神さんからの手紙がどんなものかわかるだろうから、それを参考にして次を早く書くようにと急かされている。

「さあ、早うかかりなはれ。くどくくどくかかりなはれ。神からたくさん手紙もらっているのやから、その返事を早く早くやで。まずあんたは神への返事一個しか出してない。神から百の話聞いたとしても、神から百手紙もろうたとしても、あんたは神に一つの手紙しか渡してない。それは親不孝やで。ようようそこのこと、よう言うておくで」

とおっしゃっている。たくさんおやさまからお話を聞ける父は、それだけ重い使命を果たさな

ければならなかった。

二冊目の『神の慈愛』(2)を書いている頃のおやさまのお話は、ときに難解だったし、仏陀、イエス・キリスト、マホメットと諸聖人にまで及び、『古事記』をはじめ神話にふれられることもあった。頭の中できちんとした整理ができる余裕がなかった。もっと時間が必要だったと思う。けれども『神の慈愛』を書いている父は、若い頃の信仰や宗教に揺れた日を乗り越え、もっと大きな存在（言葉に表すとしたら神ということになるのか）への信念が確固としたものになっていて、雲の上にいる人かと私には感じられるほど、すべてに達観していた。

存命のおやさまに支えられての父だった。

存命のおやさまのお言葉を取り次いでいた彼の庵は、人が集まるようになっていった。川口の狭いお家には座るほどの余裕もなくなり、立ってお話を聞く人々でにぎわい、満員電車のなかにいるようで床が抜けそうだった。大家さんから苦情が持ち込まれ、近辺の人からも騒がしいとあれこれ言われた。それで申し合わせをして、近所の迷惑にならないように心がけた。けれどもその程度では解決できなくなり、大家さんから引っ越すようにと急かされた。

人が集まる条件を満たすところを探すのは大変なことだったが、東京から離れた広く静かな湯河原に、一九九〇年六月六日、移転して落ち着くことができた。

遠くても人は集まり、ますます盛大になり、彼はおやさまのお取り次ぎの御用のためアルバイトもやめて、神一筋に生きる決心をされた。

活動はだんだん派手なものになり、赤衣を召されるだけでなく、厳かな衣冠束帯《いかんそくたい》を身につけて御簾《みす》に入られたり、鳥居ができたりという形に流れていった。人が集まるにつれて、雰囲気が変わって、父の信念からは離れていった。


一九九二年四月十七日、東中野でおやさまに招かれたように居合わせた九人にそれぞれお話をいただいた。

その日はちょうど私の次女の誕生日だった。おやさまは私を呼ばれて、

「親神さまがなあ、あんたのお嬢さんの誕生のお祝いとして不思議なことを見せてくださるから、ほんとに楽しみにしていなされな。

思ってもいないところからええ話がきて、また一つ大きく成長できることになります。あんさん方ご夫婦が揃って心の勉強をなさるようになったから、ご夫婦の徳に合わせて親神様が子供さんにとてもいい祝福をくださいますから、どんなことがあっても夫婦心を揃えて勉強していきなはれや」

と始められた。

続けて、その一週間前に念願だった高野山に主人とお参りに行ったものの、時間がなくて心ゆくまで高野山を歩けなかったことが残念で、もう一度行かなければと思っていた私の気持ちがわかっていらっしゃったのか、おやさまのほうから、

「たとえばその場所に十年、二十年もいなければわからぬ者もあれば、いっときそこに座って歴史を感じる人もいます。ほんとにあんさんもいろんなところを見せてもらって、もっといたかったもっといたかったと思いますやろけども、一瞬一瞬をほんとに心から大切にして、出会いを大切にしていくと、そのなかにある大きな神の意思を学ぶことができます。そやからあんさんが流れるように見てきたのは、偶然ではなくてもっと深いところを勉強しなさいやと、ただ見るだけではなくて物事の勉強というものは、いろんなことを重ねていって、はじめて一つの短いものでも悟れることができるような心になっていきますのや。どんなすばらしい物でも何十年持っていてもわからぬ人もいれば、いっとき手に持っただけでわかる人もあります。あんさんにはいっとき手に持っただけでわかるようなそういうものを身につけてもらいたい」

と話された。

播州の親さまに寄せた同じ思いで、私はほぼ十年を存命のおやさまにお任せして安心して生きた。その最後近くで父を送ったのだったが、それまで彼を疑うことなく書展でのボランティアを

し、ともに海外の聖地に赴き、まさか、現在のように私が庵から離れて生きるようになるとは考えられないほどどっぷり浸かっていた。

しかし思いがけないことに、存命のおやさま同様に信じて疑わなかった彼からの中傷によって苦しむことになった。冷静に天の理と考えれば、確かにこの出来事によって私の信仰観は脱皮して、神への意識が進展したとのちには感じたけれども、すっきりした気持ちにはなれなかった。

存命のおやさまの数々のお言葉は、そのつど私に必要なありがたいものだった。

離れる少し前のこと、本当におやさまのお言葉かと首を傾げたことがあってから、心に響かなくなり、信じられなくなっていた。彼の突然の中傷は、起こるべくして起きたように思えた。そのときはじめて、存命のおやさまと彼とを同一視していたことに気がついた。彼が偉大な人物になると信じてきたので、落胆の気持ちは大きかったし、おやさまのお心を思うといたたまれないつらいことだった。

チベット

一九九二年当時、秘境チベットに観光で行く人はほとんどいなかった。まだ鉄道もなかったので、中国の成都から飛行機で入るしかなかった。

苦労が多かった旅なのに、もう一度行きたい外国はどこ？　と問われれば、ためらわずチベットと答える。大自然と、魂にふれた懐かしい何かがあったところだったから。もう八十を越えた私がその願いを叶えることはないだろう。

チベットに出発する少し前の六月二十六日に、存命のおやさまは私を呼んで、

「チベットにはこの子を待つ大きな星があります。この星は前にも言ったように、あんさんがインドに行ったときにインドの悟りを拓いた菩提樹《ぼだいじゅ》の下に座り、みんなで心を揃えたときに、ふっとインドの方が空を見上げれば、そこにはまさに雲に虹がかかり神の約束の虹が現れておりましたやろ。あれと同じようにもっと深い意味で、チベットには、またあらたに神の導きがあります。あんさんはその姿を見、心を見、そして神との約束のために行かなければなりません。生まれ落ちたときより、聖地に行かなければならない約束が神とのかわしのなかから魂で導かれております」

と話された。チベットへの期待と不安と、同時に私に与えられた役目があるのならばそれを果たさなければいけないと、緊張してのチベット行きだった。

七月十日、ラサ・クンガ空港に着いたのは朝九時二十分頃。神秘的な低い山々に囲まれた建物のない空港は、日差しがきつく冷たい風が強く吹いていた。私たちはとうとう「神の地」というラサの地を踏みしめている！　はやる気持ちを抑えて、注意されていたのでそろそろ、のろのろ

と歩き始める。

小型バスに分乗する前に、ホテルまで二時間ほどかかると言われて各自トイレに入った。びっくりしたことに、広いコンクリートに穴がいくつもあいているだけの、壁も扉もない、悪臭が鼻を突くトイレだった。チベットに来たのだからチベットの生活に慣れなければと励ましあって、体験することから始まった。

小さなバスが動きだすと田園風景が広がり、見とれてしばらくいくと、十時八分、バスの前方に神の約束の美しい虹が見えた。あっと思う間に汚れを洗い流すかのように強い雨が降りだした。雨はほとんど降らないというチベットに、いま、雨が降っている。私はこれから始まろうとしているチベットの旅への大きな期待で胸がふくらみ、虹を見せていただいたことに感謝でいっぱいになっていた。

それから数時間もしないうちに、私は気分が悪く、苦しくなった。高山病の症状が出た二人目だったので、みなさんの代わりに私ですむのならどんなに苦しくても耐えようと思った。幸い、ホテルの枕元には、酸素ボンベの用意があった。たまらなくなって酸素を吸うと、不思議なほど楽になった。

しかし症状が出始める人が次々に現れ、翌日には予定を変更しなければならない状態になった。彼の部屋も人の出入りが激しくなり、苦しんでおられる様子だった。空気がこれほど大切なものだったかと、酸素を吸いながらつくづく思った。健康で歩き食べられ、生きられるありがたさを感じていた。

出発三カ月前に、おやさまは私に、生きることが信仰であって、組織に入らなければ神を知ることができないと思い込んでいるのは大きな間違いだと話されてから、

「それがわかれば、どこにいても神とともに生きることができる。この世界は神そのものであるから、そのことを、この旅を通じて本当に知っておきなはれ」

と言われた。

「人間生きること。まさに神というのは偶像ではない。神というものは、まさに見えない呼吸そのものが神であるということを人に伝えたい。それがモーゼにおける十戒の、偶像を拝んではいけないという大きな意味であります。そして神の名をみだりに唱えてはいけないというのは、まさに人間本来がすべてのことを神と受け取ることは常に一つではないということであります」

と続けられた。

あのときのおやさまが、「呼吸そのものが神であるということを人に伝えたい」とおっしゃったことが、呼吸が苦しくなってはじめて思い起こされた。息ができるのは当たり前と思ってはいけない、ありがたいことだったのだと、酸素の薄いところにきて、苦しみながら悟らせていただいた。

この旅の参加者二十七人のうち、高山病にかからず元気で通せた人は三人だけだった。その三人のなかに主人も入っていたことは、本当に感動でありご守護だった。

チベットに行こうと思い始めた頃、高山病の怖さが頭にあって不安だった。日本からいって亡くなっている人もある。特に、主人は高血圧の薬を飲み、心臓についてもいつも薬を持ち歩く状態だった。けれどもチベット行きを楽しみに、本を読んで準備をしている主人に「行くのはやめてほしい」とは言えなかったし、主人自身にも覚悟が感じられた。もし主人に何かあったとき、ご一緒する方たちに迷惑をかけたくなかったし、欲を言えば、旅の間医師として少しはお役にたてられればいいが、と思っていた。

私は「チベットで主人が元気で通れますように」と、行くと決めたときから朝晩祈り、毎朝神の水を「チベットから無事に帰れますように」と一カ月間お願いして主人に飲んでもらっていた。ご守護は朝晩の祈りが天に通じた証しだった。おやさまは祈りは天に通じるとよく話されている。祈るとき自分のことを願うのではなくて、ほかの人のために祈るようにと言われる。悲しい思いのとき、つらいとき、その悲しい思いをさせた人のために、つらいことを言った人のために祈るということはまだ私には難しい。そういう私におやさまは、本気になって人のために祈るとき、確かに天に届くことを教えてくださった。

チベットは長く鎖国政策をとり、外国人は自由に入ることができなかった。たとえば、日本から初めてラサ入りした河口慧海《かわぐちえかい》（一八九七年に神戸を出発し、一九〇一年にラサ入り）は、中国人に変装しての密入国で、ラサに入るまで歩き続けて四年もかかっている。入国できた人は、あるいはモンゴル人の僧に変装したりして、青蔵高原《せいぞうこうげん》を歩いて越えた、まさに決死の旅だった。

いま、私たちは成都から二時間を飛行機で楽々と飛び、ヒマラヤ山脈の雄大な景観を見下ろしながらチベット入りをしたのだから、考えてみれば高山病の苦しみぐらいは乗り越えて当たり前なことだった。

一方この国は、中国人による侵略、封鎖や、中国人民解放軍による破壊によってたくさんの建築物、曼荼羅《まんだら》、仏像、文化遺産が損なわれている。それを守ろうとした僧やチベット民族の数多くは、無惨な最期をとげている。解放軍は、チベット人の誇りとする美しいポタラ宮殿にも銃を向けて、観音菩薩の化身とあがめるダライ・ラマ十四世をチベットから追い（一九五九年）、インドに亡命させた。実に多くのチベット人が武器を持たず、中国人に立ち向かって死んでいった。

私たちはそのポタラ宮殿をはじめ、大昭寺、タシルンポ寺、白居寺を訪ねたのだが、さまざまな仏像や曼荼羅、仏塔、大経蔵など見て、ラマ教独特の雰囲気に圧倒された。日本では見られないインドの影響を受けたきんきらきんの美しい仏像も、チベットに行かなければ見られなかっただろう。寺にいる僧や遠くから巡礼にきた信仰厚い人びとにも心を打たれた。

バターランプを点す僧、聖堂の片隅にうずくまって読経する僧や巡礼者、大昭寺の門前で五体投地を繰り返す人びとの顔に、仏に委ねきった安らぎを見た。五体投地《ごたいとうち》は自らの罪を懺悔して仏への帰依を誓う最高の礼拝である。まず直立不動から合掌して頭の頂きに捧げ、口のあたりから胸へと三段に下ろし、両膝を地面につけて全身をまっすぐ前方に伸ばして地面にひれ伏し、顔も額も地面につけ、同時に両手を突き出して、頭の前で再び合掌する。それを何回も繰り返しながら身を投げ出して祈る姿は、素朴で衝撃的だった。来世での幸せを願って、

「オン、マニ、ベーメ、フーム」

とマニ車を回しながら歩く巡礼など、チベット人の敬虔な信仰に至るところでふれることができた。

おやさまは四月十日のお話で、チベットで暮らす者にふれることは、より長い命を知ることであり、そのなかにいれば信仰というものは何であるかがわかってくるのだ、と話してくださっている。

チベット人口の九五パーセント以上が仏教の信者だと言う。輪廻の思想が広く信じられ、各家庭から一人は僧になるという仏教信仰の深さが、このようにごく自然に身を投げ出しての祈りとなるのだろう。

もっと感動したのは、チベットを旅している間、あちこちで見た神々しいほどの大自然だった。

見渡すかぎりの菜の花畑や美しい連峰、足元近く迫る氷河、また果てしなく広い草原、霧がかかった幻想的な峠の光景など、まさに夢のような大自然だった。七月というのにカロー峠では雪が舞い、神秘的な思いに襲われた。チベット人の信仰は、この自然を日夜見て、そのなかに神や仏の存在を感じることなのかもしれない。

七月十四日正午頃、シャンバラの山を下りたところで、私は大自然の向こうに神の存在を実感していた。そのときの光景と感動は生涯忘れることはないだろう。遠く山々に囲まれた広大な草原で、この場所に導かれたことに心から感謝していた。思わず合掌したとき、シャンバラからの優しい風が吹き、そこは確かに「虹の都」だった。足元の石を拾って持ち帰ったが、その石は、チベットの旅の間に主人があちこちで探して集めたどの石よりも美しく、掌のなかに温かく納まる。石は氷山を連想させる白い筋が下を流れるようによぎり、掌で包むと不思議な安らぎを与えてくれる。チベットの大自然からの大きな贈り物だった。

贈り物といえば、タシルンポ寺で赤いより糸の紐を僧侶が一人ひとりの首にかけてくださった。長寿祈願の赤い紐は、おやさまがお導きくださっていることの確認のような気がした。

そこでは年に一回のタンカーの御開帳にもめぐりあった。多くの人が高山病になったため予定が一日ずれたことが、この幸運をもたらした。出発前の七月七日、おやさまが私の手を取って、

「ゆたかさが、あんさんの体に入っていきます。チベットへ行って困らんように、わしが母の

心をおくります。ゆっくりとゆたかな旅を続けること。急いではなりません。あの国に流れている空気は、ゆっくりとした呼吸であります。それを忘れず、あわてずにみんな心を合わせて旅を続けなはれ。いつも祈りをもって進みなさい。神が道々指図をします。いい旅になりますよ」と、はなむけのお言葉をくださったのを思い出していた。ゆっくりあわてずには、高山病の予防にも必要なことだったが、ここではすべてがあわてずゆっくりと流れていた。

大タンカーの開帳を知らせる大きなどらの合図が、ゆったりと朗々と響き、山を背にした大きな大きな石碑にかかった華やかな色合いの縦縞の幕が、片隅わずかにまずあがり、青年僧や私たちの見つめるなかで、息をのむ御開帳だった。それは、赤い肌の過去仏を中心に描いた大きな曼茶羅だった。この大タンカーの上部両脇から斜めに色とりどりのタルチョのように布がたなびき、遠くからタシルンポ寺を見上げると、文革によって破壊されたいまも、宗教都市の落ち着きを感じさせる。

チベットの寺院にはどこも犬が多く見られたが、この寺の周囲にもたくさん犬が横になっていた。チベット人が仏を信じて安らいだ顔をしているように、人間を信じきっている犬の目の優しさを忘れることはない。ここでは犬は「神様」として大切にされていると聞いた。大自然の神に包み込まれ、仏に帰依し、また犬さえも神として大事に考えるところに、物質的には貧しいのに精神的に豊かな温かさを感じる。

六月二十六日におやさまは、

「優しさに満ちあふれ、まさにその星があなた方を導いてくださいます。あたかも東方の博士を導いた星々のように。さあ、みんな心を揃えてその光を求めにいくのや。そして正しく聖なる心を学び、心の豊かさを学び、雄大な自然のなかから人間の愚かしさ、人間の心のいまのあり方の間違いをよく学びにいくのや。そしてみんな生まれ変わってくるのや。すばらしい、いい旅ができますよ」

と結ばれた。チベットの大自然の前には、人間の心の八つの埃は、何と哀れな愚かな小さなことか。物質文明にどっぷり浸かっている私たちは反省して、もっと豊かな深い愛に気づかなければならない。生まれ変わって、身の周りに神を感じて、よりよく生きていきたい。

チベットの旅で得たことを、生かすのも忘れるのも、それは私自身の生き方なのだから。

七月七日におやさまは、

「このチベットの国は、まさに聖地と言われるところだけあって、祈りによってすぐ祈りがかなわれるところであります。祈りをもって進みなさい。我欲の祈りではなく、この世の万物の霊性が豊かであることを、またチベットの民がみんな豊かであること、世界の人びとがみんな豊かであることを願いながら道を進ませてもらうと、あんさんがたの家にも豊かさが生まれてきます」

とおっしゃっている。チベットが中国の政策に左右されることなく、再び平和な聖なる国を取り戻せるように祈りたい。世界中の平和と幸せを祈りたい。

ダライ・ラマが一九八〇年秋に来日されたときに、鹿児島での講演で、

「火が火を消すことができないのと同様、怒りが怒りを消すことはできない。火は水によって消されるのと同じように、怒りは優しさによって消すことができるものです」

と言われている。何と深い思いが込められていることか。チベット人民の意思と希望が叶い、ダライ・ラマの念願どおり、静かな祖国に帰れる日が早くきますように祈っている。


この旅をしてから二十三年が過ぎたが、最近『チベット巡礼(3)』というテレビ番組を見て、その変化に驚いている。チベット鉄道の開通はシガツエまで延長され、車が行き交う舗装道路は整備され、数メートルごとに中国国旗が掲げられている。私たちが行ったときはデコボコで、砂埃をあげて通った道も、どこまでも舗装され整備されていた。

高い建物などなかったのに、いまは中心地に高級デパートができ、三階の建築物も並び、スーパーマーケットまである。私たちが見たのは屋台の店ぐらいだったが、それはコンクリートの建築のなかにそっくり納められたらしい。

信仰の山、カイラス山への巡礼は鉄道のおかげで二十数年前よりも増えて、教典が書かれたタルチョも色とりどり華やかにたくさんなびいている。私たちが峠で見た白っぽいタルチョは、貧

しくぼろぼろになって揺れていたのに。

こんなに文明化されたチベットへ再び行けたとして、あのときのような魂にふれる感動を覚えることができるだろうか。

それにしても私は存命のおやさまとの得がたい、幸せなご縁にあずかっていたのだった。

注
(1) 芹沢光治良『神の微笑』新潮社、一九八六年
(2) 芹沢光治良『神の慈愛』新潮社、一九八七年
(3)『チベット巡礼』NHKBSプレミアム、二〇一五年一月四日

4 聖母マリアさま

親さまがお元気だったときには考えたこともなかったが、亡くなられて何年も過ぎてから思ったことがある。幼稚園からカトリックの学校で教育を受けたので、親さまを慕う気持ちは、幼い頃、聖母マリアさまを思っていた気持ちと同じだったのではないか。もしかすると、播州の親さまと聖母マリアさまは、魂は同じでいらっしゃったのかもしれない。お二人はイコールなのかもしれ

ないと気づいた。聖母マリアさまが生まれ変わられたのが親さまだったのかもしれない。

そう考えたことから、聖母マリアさまに興味をもった時期がある。

マリアは、父ヨアキムと母アンナが年とってから恵まれたたった一人の子供だった。ヨアキムは子供がほしくて、四十日四十夜断食して神に祈り、アンナも、子供が与えられたらその子は一生神殿奉仕に捧げます、と祈り続けた。

願いは神に聞き入れられて、庭に天使が現れ、アンナに、

「子を産み、その子は世に聞こえたものになるだろう」

と告げられる。ヨアキムも、

「願いは神に聞き入れられ、アンナは身籠るだろう」

と告げられ、マリアが生まれた。マリアは神の意志によって誕生された（『聖書』「外典　ヤコブ原福音書」）。

昔パリに行ったとき、ノートル・ダムの入り口の右側扉の上のほうに、マリア誕生のいきさつを彫刻したものをやっと見つけることができた。

受胎告知からイエス誕生までのことは、「ルカによる福音書」に多く叙述されていて、よく知られた物語である。イエスをお産みになったことで試練を受け、苦悩を味わわれることになった。

聖母マリアの生涯を学んでから、世界には聖母マリアに関係する聖地がいくつもあることを

知った。

ヨーロッパには、どこの町に行っても教会がある。教会があると誘われるように入った。教会のマリア像の前には、どこでも蝋燭《ろうそく》が揺らめき、熱心に祈る人がいた。マリア信仰が根付いていて、母なるものに人はすがりたいと思うのだろう。播州の親さまを慕った私と同じだと思った。

長女がパリに在住しているので、若いときにはしばしば訪れた。地下鉄東駅のすぐ脇にサン・ローラン教会がある。娘のところから近いので、散歩や買い物のときに寄っては、マリアさまのコーナーの腰掛けに座って休んだものだった。この教会の壁には赤衣を召したマリアさまの絵画もあり、天理教教祖のことが頭をよぎったこともあった。

イタリアには聖母マリアの名前がついた教会があちこちにある。ふと立ち寄った教会の祭壇中央に、幼子イエスを抱かれた聖母マリアの像や絵があると、まみえた喜びに満たされる。それはフランスの教会でも同じだった。ノートル・ダムはもちろんのこと、サンシュルピス教会正面奥にある、岩をくり抜いたなかにいます聖母子像も忘れられない美しさだった。ポルトガルのナザレには、四世紀頃にギリシャ人の僧ジェロームによってもたらされた授乳している珍しい聖母子像があったが、強い印象を与えられた。

このようにヨーロッパでは、行くところ行くところで聖母マリアにお目にかかれる。カトリック世界では、キリストよりも母であるマリアを崇拝している人も多いらしい。厳格で絶対的な存在のキリストよりも、私たちの悩みや願いをとりなしてくださる、慈愛に満ちた母なるマリアに魅せられるのかもしれない。キリストより受容性、寛容性があって、融通が利く母親に訴えたい気持ちになるのは理解できる。

私が聖母マリアに関心をもち魅かれるのは、幼いとき播州の親さまの温かさにふれたことと、晩年の父とともに聞いた存命のおやさまの真実のお言葉が心に残って、大きな愛を求めるようになったからと思う。播州の親さまは現実に不思議をみせてくださったし、存命のおやさまは、よくわかる言葉で具体的なメッセージを伝えてくださった。

聖母マリアさまからもきっと何かを受け取れるのではないかと、ご出現されたマリアさまの聖地に行きたいと願うようになった。

記録されている聖母マリアご出現のいちばん古いものは、一五三一年のメキシコ・グアダルーペであり、それから三百年後の一八三〇年にフランス・メダル教会におけるカタリナ・ラブレにご出現されている。そしてマリア信仰の聖地ルルドで、ベルナデット・スピルーにご出現されたのはその二十八年後だった。

グアダルーペ寺院――褐色の聖母マリア

バチカンで認めた「世界三大奇蹟」の一つが、聖母マリアご出現のメキシコのグアダルーペ寺院である。メキシコ土俗の宗教の地に、なぜ遠いヨーロッパのカトリック信仰の聖母マリアがご出現されたのだろう。不思議な感じがする。

一五三一年十二月九日の夜明け、メキシコ市に近いテペヤックの丘の麓を、五十七歳のインディアン、ホアン・ディエゴが町のミサに行く途中に通りかかった。

丘のほうから彼を呼ぶ声が聞こえたので見ると、虹の形をしたまばゆい雲の下に、光り輝く褐色の肌をした貴婦人が立っておられた。

「私はこの地上のすべての物を創り生かしておられる神の子イエズス・キリストの母です。この丘の麓に聖堂を建ててください。ここからわたしは、貧しい人、苦しんでいる人を助けたいのです。わたしは、愛と慈しみをもって、すべての人を守り、人々の嘆き、悲しみや、その願いに耳を傾けましょう。さあ、司祭のところにいき、このことを伝えてください」

ホアン・ディエゴは、すぐスペイン人の司祭のもとにいき、聖母のお言葉を伝えた。けれども司祭は信じることができず、証拠を持ってきてほしいと言った。それを彼は聖母に伝えたところ、

「丘に登ってそこに咲いているバラの花を摘んで持っていきなさい」

と言われた。丘の上には、十二月に咲くはずがないバラの花が美しくたくさん咲いていた。ホアン・デイエゴはその花を摘み取って、着ていたマントに包んで司祭のところに行き、花を見せた。色とりどりのバラが床に溢れ落ち、マントには聖母のお姿が現れていた。聖母は変わらぬ愛をいつも注いでくださっていることを知らせるために、このようにマントにお姿を残された。このマントはいまもグアダルーペ寺院の新教会堂中央祭壇に、聖母の姿をとどめて掲げられている。四百八十年以上たっているが、色槌せることなくいまも残っている。このことは多くの科学者たちの謎とされている。

ところでホアン・デイエゴが、丘のバラをマントに包んで司祭のところに急いでいる頃に、聖母マリアは彼の伯父のところにも出現されていた。伯父は重病で危篤状態だった。伯父の前に出現されたマリアは、たちまち病を回復させるという奇蹟を示された。

夫が元気で仕事をしていた頃の、正月休みを利用してユカタン半島・マヤ遺跡へ出発したのは一九九一年一月三日のことだった。

私はカゼぎみだったが、真冬の東京から三〇度を超える真夏のようなメキシコシティーに着いたときには、体調が思うようにならずカゼはひどくなる一方、咳も出るようになっていた。周囲に気をつかって、咳が出ないよう我慢してのつらい旅になった。そのようなときに、グアダルーぺ寺院に到着した。そのときの私は寺院について何の知識ももたず、同行の方が見せてくださった案内書によって、ここが奇蹟を起こした聖母マリアが出現されたところであり、カトリックの三大奇蹟の一つとして公認されているところだと初めて知った。

ぐったりバスに座っていた私は、マリアさまに招かれて元気をもらったような気がして、勇んでバスを降りて裏門から入り、長く暗い地下道を通っていった。地上に出たところはモダンな大きな寺院の片隅だった。旧教会堂は地盤沈下のために傾いたので、それにかわって建立された新教会堂の内部に、私たちは出たのだった。荘厳な作りに一瞬、目を奪われた。

一月八日、火曜日だった。何か記念すべき日だったのか、大きなミサの最中だった。白い服の司祭を先頭に、聖歌隊だろうか子供たちが前に並び、揃いの白い服に身を包んだ一団が、蝋燭を手にして歌いながら私たちが入ってきた地下道のほうへ進んでいた。二万人入るという教会堂には人が溢れているので、私たちは褐色のマリアさまのところまでいくことができなかった。残念ではあったが、信者の方たちとともにひざまずいて祈る静かな一時をもった。敬虔な雰囲気に包まれていた。

ところで、ヨーロッパの教会は、だいたい中央正面は縦長が多く、てっぺんに十字架を載せているが、グアダルーペ寺院は、横に広い半楕円形の重厚な寺院だった。中央祭壇の真ん中に、大きな褐色の聖母像が設置されている。来観者も褐色系の肌をしていて、肥りぎみの素朴な人々だった。寺院内のマリア像はすべて褐色の肌をされ、黒い毛をもった東洋的な顔立ちのグアダルーペ聖母像である。見慣れた聖母マリアとは一見して違う印象を受ける。祈る姿勢も、十字を切る人はいない。そういえば、ここは教会と言わず寺院なのだった。

グアダルーペの聖母マリアを、インディアンの人々は「トナンツイン」と言って親しんでいたが、「トナンツイン」とはアステカ宗教のなかに現れる女神の名だと言われる。ナワトル語では「神々の母」を意味し、テペヤックの丘は、昔、トナンツインの神殿があったところとされている。

「神の子の母」であり「神々の母」として、インディアンは土着宗教の女神と、カトリックの聖母マリアとをオーバーラップさせてしまっていた。スペイン人神父たちはこのことを知りながら、グアダルーペを積極的に宣伝して布教活動に役立てた。いわば、土着宗教とカトリックとの融合である。それでカトリックは異教・邪教として弾圧を受けることなく、布教のためにも公的に認められて、メキシコ人にも愛されてきたのだった。メキシコの教会のほとんどは、グアダルーペの聖母を祭壇の中央に安置している。イエス像はそれより小さめで、聖母の上下左右のいずれかに置かれている。

毎年十二月十二日はグアダルーペの聖母の大祭なので、ラテンアメリカ全土からの巡礼でにぎわう。このお祭りでも、宗教融合を思わせる不思議なセレモニーがおこなわれる。

堂内でミサがおこなわれる一方で、境内ではたくさんのグループが、アステカ時代の衣装をまとってアステカダンスを踊る。呪術師の姿も見られるという。

さて、中央祭壇に祀られているホアン・ディエゴのマントだが、四百八十年以上前には適切な保護がされず、近くに塩分濃度が高いテスココ湖があるので、普通なら一世紀で酸化してぼろぼろになるはずである。ところが、マントは竜舌蘭《りゅうぜつらん》の繊維で織られた布だったので、いまだに張りがあるという。絵に使われた染料は、植物性でも動物性でも鉱物性でもなくて、地球上には現存しない成分でできている、と科学者が分析した。粗い繊維性にもかかわらず、染料が裏まで染み込んでいない。また、聖母の瞳にはご出現のときに近くにいた三人が焼き付いているという写真分析の結果も出ている。その写真は、寺院地下の売店の壁にかけられているという。

竜舌蘭の繊維は、竜舌蘭の多いこのあたりで作っていて、おみやげ用に花瓶敷きやテーブル敷きを売っていた。手頃な値段だったが、ごわごわした硬い手触りのものである。

スペイン人に征服され、つらい思いで暮らしていたメキシコでのマリア出現は、この寺院が先住民のものであり、征服者のものに先立つということを知らせた。聖母マリアがカトリックだけの慈母ではなく、白人だけのものでもない。もっと自由に考えて、愛情深く、人間すべての母親のような存在であることを示した。

こうして現在、メキシコ国民の九〇パーセント以上がカトリックの信者であり、その心の中には聖母グアダルーペのマリアが信仰の対象として、深く生き続けている。そして、メキシコの国家的シンボルのようにもなっている。

縁あってわたしはそれから八年後、一九九九年四月に再度グアダルーペ寺院に立ち寄った。季節のためか寺院の内部がきらびやかに感じられて、前にきたときはもっと落ち着いた雰囲気だったと記憶していた。寺院のなかは込みあい、押しあって歩いていた。観光化したのだろうか。

グアダルーペ寺院の聖母マリアの絵画は、イスラエルに行ったときエルサレムの教会に飾られているのに気づいたが、パリのノートル・ダムのなかにもあった。その絵は、一六八七年に金銀細工師の組合から贈られたものと書かれてあった。このように褐色のマリアはメキシコ人だけのものではなく、世界のあちこちの教会で褐色の聖母として慕われている。

一九一〇年にローマ教皇ピウス十世によってラテンアメリカの守護聖母とされ、一九四五年には南・北アメリカの守護聖母として宣言されている。

「世界三大奇蹟」を求めて旅に出たのでもなく、褐色のマリアも知らずにメキシコに行って、偶然のようにマリアさまが御出現された地に導かれたことは、その頃、聖母マリアを求めていた私にとって感慨深いことだった。

奇蹟のメダル――愛徳姉妹会聖堂

パリに行くと、パリ七区バック街にある聖女カタリナ・ラブレの眠っておられる愛徳姉妹会聖堂に寄ったものだった。

一八〇六年五月二日にフェンで生まれたカタリナ・ラブレは九歳で母を亡くし、一八三〇年四月二十一日に愛徳姉妹会に入会した。聖母マリアが彼女の前に出現されたのは、それから三カ月後のことだった。

一八三〇年七月十八日から十九日にかけての夜中十一時半頃、カタリナ・ラブレは自分を呼ぶ声に目を覚ました。美しく幼い子供が光のなかで、

「聖堂にいらっしゃい。聖母マリアがあなたを待っています」

と呼びかけて聖堂に連れていった。歩くところは明るくなり、聖堂のなかも明るかった。祭壇近くでひざまずいて祈っていると、衣擦れのような音がして聖母マリアが腰掛けられた。カタリナは聖母の足許にひざまずき、聖母のお膝に両手を合わせて乗せた。聖母はカタリナにいろいろ話をされると、影のように見えなくなった。

十一月二十七日の夕べの祈りのとき、同じ聖堂で再びカタリナは聖母のご出現を受けた。聖母の両手は下に広げて差し出され、そこから輝く光線が放たれた。

「これは私に願う人々にそそがれる恵みのしるしです」

お姿の周囲に楕円形のしるしが示され、

「原罪なくして宿り給いし聖マリア、御身により頼み奉る我らのために祈り給え」

という祈りの言葉が周りに現れた。

「この姿のメダルを作りなさい。それを信頼をもって身につける人、特に首につける人々は豊かな恵みを受けます」

と言われた。メダルが裏返ったように見えると、下部に横木のついた十字架を載せたMという字が見えた。またMの下に、茨に囲まれたイエスの御心と、剣で刺されたマリアの御心の二つのハートが見えた。

それは、現在手にできるメダルの裏と表の絵柄である。

カタリナ・ラブレが聞いた聖母マリアからのお話は、幻想として誰からも信じてもらえず、メダルを作るにはいたらなかった。けれどもご出現二年目になって、パリ大司教の許可のもとに作られたメダルは、世界中に伝わり、「不思議のメダル」と呼ばれるようになった。このメダルが数々の奇蹟を起こしたので有名になり、バック街は大勢人を引き寄せるようになった。以来、聖母マリアの一大聖地になっている。

カタリナ・ラブレは、一八七六年十二月三十一日にアンゲン養老院で七十歳で亡くなったが、亡くなるまで人々は、聖母マリアのご出現を受けたのが彼女だったとは知らなかった。

ご遺体はリュイの聖堂の下に埋葬され、五十六年後に調査のため発掘された。ご遺体は完全にもとのままだった。いまも聖母のご出現されたパリの愛徳姉妹会聖堂に安置されている。損傷がないご遺体の奇蹟から、一九四七年に教皇ピオ十二世によってカタリナ・ラブレは列聖された。

一九九四年四月一日、私は日本から着いたその足で愛徳姉妹会聖堂に行った。見過ごしてしまいそうな場所にある、こぢんまりした聖堂である。なかに入ると、正面のアーチ型の中央祭壇にある大きな地球の上に、蛇を踏んで立たれる聖母像が目に入る。下に向けた両手から光が放射線状に流れていたが、それはメダルに見られる聖母像と同じお姿だった。

このマリアさまより手前の向かって右側には、聖女カタリナ・ラブレのガラス箱に納まったご遺体があるが、そこから目を上げた位置の壁面に、もう一つの聖母像が見られる。像はお顔を上に向け、胸元に手を合わせて小さな金色の球体を持たれている。この二つの聖母像は、どちらもカタリナが実際に見た聖母ご出現を形にした立像だった。

中央にあるメダル表面のお姿の立像は、一八四九年に聖堂拡張工事の際に設置された。一方、右側にある小さな金色の球体を持たれた聖母像は、カタリナ・ラブレが亡くなる数カ月前に完成していたが、安置されたのはその死後だった。それは聖母ご出現五十周年の一八八〇年のことであり、聖堂が巡礼に開放された年でもあった。五十年間もご出現の場所にマリア像が設置されなかったのは、球体を持つ聖母像は、それまでの両手を開いて下げた聖母像とは違っていて、カトリックでは受け入れられなかったからである。

カタリナ・ラブレはガラス箱のなかで、シスターの姿で眠っておられた。召されたときのままの清らかなお姿だった。

私は不思議なメダルを、病気で苦しむ友人があると差し上げている。カトリックであってもなくても、マリアさまにお願いをしている。「助けてください」と祈りながら。

こうして聖母の望まれたメダルは、日本にまで知られるようになった。思い返せば、フランス革命の痛手から立ち直れないでいた教会に、信頼を取り戻すべく聖母マリアがはたらきかけたとも受け取れる。また、カトリックの国フランスに、パリの中心にある聖堂での聖母ご出現によって、十九世紀の聖母崇拝史が展開されるきっかけにもなった。その後フランス国内で、ピレネー山中のあちこちに聖母はご出現されたが、なかでもルルドでのご出現が最も知られている。

ルルド

フランスでのマリア信仰の聖地といえばルルドだろう。ルルドには三回行っているが、聖母マリアご出現に立ち会ったベルナデット・スピルーの一生をたどって歩いたときもあり、ルルドの聖域や十字架の道を歩いたこともあった。

ベルナデットは、粉屋の娘として水車小屋で生まれた。水車小屋は、私が最初に訪ねた二十数年前には粗末な板敷きの床は古びて、何もない質素な家だった。彼女が十二、三歳になった頃には貧乏でそこにも住めなくなり、牢獄の跡に住むようになった。薄暗くて湿気が多く、中央に形ばかりの暖炉と、片隅にくぼみがある石の流しと思われるものが設けられているだけの牢獄だったところだった。

そこの小さな二部屋で、両親と彼女を含めた子供たちが、その日のパンさえないような暮らしをしていた。貧乏に耐え、羊飼いをしながら、文字さえ書けない子供時代を過ごした。

一八五八年、ベルナデットが十四歳のとき、ポー川のほとりの洞窟の前で一心に祈っていると、二月十一日から十八回にわたって、ロザリオを手にされベールをまとわれた聖母マリアが現れて、

「司祭さまのところにいって、礼拝堂を建てるように言いなさい。人々が行列を作ってそこへ行くようになりますように。わたしは、無原罪のお宿り」

というようなことを言われた。そして泉の場所を示されたので、そこを掘ると水が溢れた。はじめは一条の流れだったが、涸れることなく水を供給して、この水によって、病を治す奇蹟が起こるようになった。

そのようになるまでに、ベルナデットの言うことは誰にも信じてもらえず、権威筋からは苦しい試練を受けた。人々がようやく彼女の言うことを信じ始めたとき、彼女は自分のことを早く忘れてほしいと願うようになった。病弱の体で、修道女として祈りの生活を送り、三十五歳で亡くなった。聖水は、ベルナデットの病気には奇蹟をあらわさなかった。

一九九一年二月、わたしは夜遅くルルドに着くと、まっすぐマッサビエル洞窟に向かった。寒い夜なのにマリア像の前で一心に祈る人が何人もいて、敬虔な姿にルルドにいる実感がわき上がる。十フランの蝋燭を買い、

「ようやくまいりました」

と祈った。

人々の祈りの場所の右側の小高い洞窟に突然風が吹いたような音がすると、草が揺れ動き、奥から黄金の雲が漂ってきて、光のなかに聖母マリアさまが出現されたという。一心に祈る十四歳のベルナデットがいた。いま洞窟では、白く長い服に水色の帯をたらしたマリア像が巡礼者を迎えてくださる。

ルルドでは二月十一日は、ベルナデットが初めてマリアご出現に出会った記念日なので、特別な一週間だった。十八日はベルナデットの祝日で、地区の教会でミサがあり、彼女の生涯が紹介

された。内容は私には大まかにしか理解できなかったが、ミサの最後に両隣の人と握手しながらその場の雰囲気に包み込まれていた。

外は冷たい零下の気温で、雪が凍り付いていた。聖域に戻り、バジリックの地下にある世界一大きい神殿に入った。水曜日と日曜日には、二万人も集まって国際ミサがおこなわれる地下聖堂である。

夜にはサンタマリアを合唱しながら、聖母マリアをたたえて手にした蝋燭を掲げた行列が、町を回って聖堂まで歩く。無心になって歌う各国から集まった人々は、ルルドにいる感謝に満たされていた。

一九九五年四月十日には、ルルドでの沐浴を体験した。男女それぞれの沐浴場で、一時間半ほど順番を待って数カ所の入り口の一つに入った。カーテンで仕切られた部屋で、渡された沐浴用の衣類に着替える。

呼ばれて沐浴場に入ると、尼さんが二人いて、

「言葉は何語を使いますか?」

と問われ、英語よりはフランス語のほうが聞き取れるからと「フランス語で」と答えた。

聖水は多くの人がつかるので白濁していた。尼さん二人に支えられてその聖水に寝た姿勢でつ

けられると、一瞬水の冷たさを感じた。二段、三段と深いところにいくにつれて体が温かくなり、突き当たりの小さなマリア像に接吻して終わった。

そして布をかけられたとき、その暗い狭い空間に、見えないが聖母マリアの存在が感じられた。感動と感謝で目が潤んでくる。その私の顔を見て、「わかったよ」というように尼さんが大きくうなずいて目配せをしてくれた。濡れた体に服を着てもなぜか服が濡れず、靴下もスーッと穿けた。不思議なお水でマリアさまに浄めていただいた感謝が長く続いた。

遠くから希望に支えられ、車椅子を押してもらってくる人たちがいる。足が癒えて不要になった松葉杖がたくさん集められたところもある。

ルルドは世界のカトリック信者ばかりでなく、多くの人が一度は行きたいと願う聖地となっている。

ルルドのホテルは巡礼者のためのホテルなので、清潔だが質素である。タオルも何度も洗ってくたくたになり、両端はほつれている。石鹸しか置かれていない。浴槽のあるところはまれで、シャワーだけが多い。お湯もぬるかったりする。もちろんテレビもない。廊下の電灯もフランス式の節約型で、何秒かたつと消えてしまう。何度かルルドに泊まって、マリアさまを感じるのにふさわしい環境に、これで十分と思ったものだった。

この三年後の一九九八年四月に、再びルルドで沐浴させていただいた。三年の間に沐浴の仕方も変わっていて、自分で水のなかでしゃがんだり、ブラジャーは最後まではずさないことなど、以前よりも簡略化されていた。しかも、沐浴を受けるのに二時間以上も待たなければならなかった。巡礼ではなく、興味から訪ねる人も増えたのかと、少し残念な気がしている。

洞窟の左手に、銅製の蛇口が並んでいて、フランスだけでなく世界のあちこちから聖水をいただきにきた人々が列を作って、用意した瓶やボトルに注いでいる。その場で一気に聖水を飲んでいる人もいるし、大切そうに自分の目や頭にかけている人もいる。

聖水については、一九二七年にルルド国際医学会が設立され、世界中の五千人以上の医師が名を連ね、その効果についての研究が続けられている。奇蹟の報告もたくさんなされて、聖水によって助けられた人は大勢いる。

病人が担架に乗せられてつかる沐浴場の水には、けがをしている人の血や当てていた布端などが浮いて、水も汚濁されているように見えるが、そのなかの黴菌《ばいきん》はすべて死滅しているという。

沐浴場を出ると、晴れやかな顔の夫が待っていた。当時血気盛んな夫は、信仰心とは関係なく医師としての好奇心もあって、自分から沐浴を希望して終わったところだった。

「同じ水にいったい何人入れるのだろうか」

と入る前には危ぶんでいたけれど、彼なりに受け入れたらしく、手伝う修道士たちの様子やマリア信仰者の振る舞いに感じるものがあったらしい。終わってから体が濡れていないことを、

「不思議だねぇ」
と言った。聖堂から清らかに鳴り響いてくる時鐘は、夫の心情の音色のように聞こえた。

ヌベール

さて、ベルナデットのご遺体があるヌベールのことも書いておきたい。パリのリヨン駅から、急行で二時間ほどのところにヌベールはある。ベルナデットは二十二歳のとき、ルルドからこのヌベールにあるサン・ジダール愛徳会女子修道院に入って、修道女として奉仕と祈りの生活を十三年続けた。貧乏だったので、読み書きを習ったのもこの修道院に入ってからだった。結核を患っていた彼女は、サン・クロワの病舎で、一八七九年四月十六日に三十五年の信仰深い一生を終えた。

小さいときから発育が悪く、喘息にも苦しんだ彼女は、死ぬときも苦しんで、苦しみのためにやつれ果てて死んだ。しかし埋葬までの三日間、手足は柔らかいままで自然の色を保っていたという。亡くなった部屋は、修道院の聖堂になっている。

一九九五年に訪ねたとき、十一時過ぎにヌベールの教会に着くと、すでにミサが始まっていた。

ミサに参加してから修道会で昼食をとったが、ワインも肉も用意されていた。

チャペルに入ると祭壇の向かって右側に、ご遺体がほぼ完全な姿で安置されている。以前には、現在は庭の中央にあるヨゼフ教会に葬られていたご遺体を、何年もたってから調査のために掘り返したところ、亡くなったときのままだった。

マリアさまは彼女に約束なさったように、この世では病弱で幸せにしてくださらなかったが、もう一つの世では幸せにしてくださった。彼女の体は死んでから若々しく美しくなり、わずかな腐敗のあとも観察されなかった。けれども何回も調査で掘り返したので、ご遺体が損傷され始めたために、現在の形で保存されるべく手が加えられた。ご遺体がそのままだった奇蹟もあって、一九三三年十二月八日にローマ教皇ピオ十一世によって聖人の位に上げられた。

ガラスのなかのご遺体は小柄で美しく、眠っているように見える。お顔も白く神々しく清らかだった。あとになって日本で本を読んで知ったのだが、それはマスクだった。非常に精巧にできていてわからなかったが、何度かの調査によって傷められ、マスクをつけられたのだ。残された衣類や靴を見ると、とても小柄だったことがわかる。

静かな田園風景が広がるヌベールは、彼女が過ごした当時もこのようだっただろう。修道院の庭を突っ切った片隅には、ベルナデットがルルドでお会いした聖母マリアさまに似ているといって毎日祈ったという小さなマリア像があった。記念館に入って写真や遺品を見たり、庭やヨゼフ教会やマリア像を見ながら歩くと、ヌベールでのベルナデットの祈りの毎日が彷彿としてくる。少女の頃にお会いした聖母マリアを一途に慕って一生を捧げた彼女があって、いま、ルルドの聖水の奇蹟につながっているのだと理解できた。

ルルドのマリアさまご出現以前に、実は、ピレネー地方の名だたる巡礼地にも羊飼いの女に聖母マリアのご出現がいくつかあり、伝説が伝えられている。ご出現によって聖堂が再建されたり、聖母像の救出や新しい像の安置などがおこなわれている。共通して言えるのは、マリアさまは山深い場所の貧しい羊飼いの女たちに声をかけられている。そして水によって病を癒す力を与えられて、聖水は聖母の象徴のように扱われている。ご出現はフランスに多くみられたが、山奥の地だったり交通の不便なところだったりして、ルルドのようには知られなかった。

ファチマ

ポルトガルのリスボンからバスに乗って一時間半ほどのところにファチマがある。聖母マリアの聖地としては、ルルドに次いで知られている。

一九一七年五月十三日のこと、三人の子供たちが羊の番をしていた。正午頃、いつものようにロザリオの祈りを終え、小石で小さな家を作って遊んでいた。突然、稲妻と思える烈しい光が現れ、驚いた子供たちが逃げようとしたとき、もう一つの閃光が現れ明るくなった。立ち止まってみると、小さな柊《ひいらぎ》の木の上のまばゆい光のなかに、ロザリオを手にした聖母マリアが立っておられた。聖母マリアは三人の子供たちにもっと祈るように言われてから、

「これから五カ月間、毎月のこの日、この時間に、コバ・ダ・イリアに来てほしい」

と願われた。子供たちは約束どおりに、六、七、九月の十三日に、コバ・ダ・イリアに行って、聖母マリアのご出現を待ち、お話を聞いたり、言葉を交わしたりもした。八月十三日は、郡長が三人を拘引して行かせなかったので、約束を果たせなかった。

最後のご出現となった十月十三日には、実に七万人もの人が集まってご出現を待っていた。聖母マリアは、

「私はロザリオの元后です。私の栄誉のための聖堂を建ててほしいのです」

と言われた。そして、大群衆の前で子供たちに約束された奇蹟をお見せになった。

太陽が銀色の円盤のようになったかと思うと、火の輪のようになって回転したり、静止したり、地上に飛び込んでくるかのような動きをした。その「太陽の舞」を群衆はびっくりして見ていた。

こうして、一九一七年以来、コバ・ダ・イリアには巡礼の人たちが絶えることなく、各月の十三日、特に五月から十月の十三日には何万人もの人が、ロザリオの聖母の聖地で祈るために、世界各地からやってくるようになった。

私も一九九五年八月、パリにいる娘と孫、私たち夫婦の四人で行き、数日を過ごした。

ファチマは、そそり立つ塔の高さ六十五メートルの大聖堂を正面に、何十万人という巡礼者が集まる大広場を中心にした静かな祈りの町だった。広場の入り口には大きな十字架が立っている。マリア出現の場所に出現の礼拝堂があり、白いマリア像が安置されている。

着いた日は日曜日で人も多く、聖堂はミサをしていて入場できなかった。膝を小さな布団のようなもので巻き、かなり遠くからひざまずいて少しずつ出現の礼拝堂をめざして進む、信仰深い人々の姿はルルドでは見なかった光景だ。

広場を歩いている人は、体格がいい素朴なポルトガルの庶民たちだった。

ルルドと同じように十字架の道があり、ご出現に恵まれた三人の子供、ルチア、ヤシンタ、フランソワの家やご出現のあった場所、二回目のご出現予告の天使が現れたという井戸や聖堂を、私たちは次々と回った。

また、ファチマには蝋人形で場面を再現して、ファチマの歴史が一目でわかるようにした館があった。聖母ご出現からのことが、一場面ずつ物語風に展示されていた。ここで私たちは、ヤシンタやフランソワの病気や死因を知ることができ、ヤシンタが入院中にマリアが三回も出現されていたことも知った。

夜になると聖母像を先頭に蝋燭行列があり、私たちも参加して、マリア様をたたえる合唱をしながら町を歩いた。ルルドと同じだった。

私たちは、みやげ物屋の二階のミニ・ホテルに泊っていた。このときヘビースモーカーの夫がふとした失敗から、絨毯に大きな焦げを作ってしまった。娘も私も蒼白になるほどあわてたのを、いまも忘れられない。

お金で弁償させてほしいと謝りにいった私たちに、部屋を見にきた女主人は、

「気にすることはない。何にも心配しないでいい」

と言ってくれた。ここが聖地であること、人々はマリア信仰をもつ善人ばかりなのだとあらためて感心したファチマでの出来事である。

道を聞いても食事に出ても優しさが感じられたうえ、パリから行った私たちには物価がとても安いのもうれしかった。いい思い出ばかりだ。

聖堂へひざまずきながら近づく信仰者に、慈愛の聖母を慕う姿が現れていた。信仰心が乏しい日本人としての私の目には、このような素直な姿はとても美しく見えた。

マリア出現に立ち会った三人の子供のうち、ヤシンタとフランソワはご出現の一、二年後に相次いで亡くなった。実は二回目のご出現のときに、マリアさまはこの二人には、

「近いうちにお迎えにきて、天国に一緒に行きましょう」

と言われていた。二人の墓は聖堂のなかにある。当時十歳だったルチアは、その後、無名の人として静かに暮らしたが、やがて修道女となって生涯祈りの生活を送った。

それから十年たった二〇〇五年二月、私は友人に誘われてポルトガル旅行のツアーに参加した。その旅行中、たまたま休憩でサンベント駅でバスから降りたとき、ふと新聞売りのところに立ち寄った。そして、新聞のトップ記事に視線が釘づけになった。

前日の二月十三日に、コバ・ダ・イリアでマリアご出現に立ち会ったシスター、ルチアが九十七歳で昇天した、という大きな写真入りの記事だった。まだルチアが生きていたとは思ってもいなかったので、とても驚いた。十三日と言えば偶然かもしれないが、聖母マリアがご出現されたのはいつも十三日だった。

そのとき私は、ルチアの生家がある村を歩いたことを思い出していた。ルチアの家族だったという頰の赤いおばあさんにも会った。あれから十年の間に、私は夫を送り、一緒に歩いた小さかった孫はパリで大学生になっていた。

バスに揺られ移動しながら、マリアさまにつながるご縁を感じて、これも偶然ではないように思えたものだった。ご出現のとき、ルチアは十歳だったのだから、ご出現されたのはそんなに昔のことではない。それから百年もたっていないのだ。

ルチアはご出現のときマリアさまから、
「罪人のために我が身を犠牲にしなさい」
と言われたお言葉を受け止めて、自分の体に綱を巻き、腫れるほど胴を締め付けることを続けたりしていた。一方、ご出現によって人が集まり、ルチアの家の土地だったコバ・ダ・イリアは作物がとれず、収入が減って生活が苦しくなった。周囲の土地所有者からも損害賠償を求められたり、つらいことばかりだった。

一九二一年以後、ルチアはボルト近くのカトリック系の学校に引き取られ、マリア・ド・ドール（苦しみのマリア）の名で過ごした。彼女はファチマに泉が発見されたことも、人が集まるようになったことも知らなかった。一九二五年にスペインのツイという町の修道会に入り、一九四八年にはカルメル会派の修道会に移り、生涯神に捧げて過ごした。

ルチア逝去の翌日十四日夕方に、私たちのツアーはファチマに立ち寄った。聖堂ではルチアの追悼ミサがおこなわれていて、友人と短時間ながら参加し、ルチアへ祈りを捧げることができた。誘われるままの旅で、ルチアの名前も連想しなかった私だったが、なぜかファチマに導かれたような旅になった。

ファチマで思い出すのは、ヨハネ・パウロ二世の狙撃事件である。ファチマに聖母マリアがご出現されたのは一九一七年五月十三日のことだったが、一九八一年の同じ日、同じ時間に教皇は狙撃された。ヨハネ・パウロ二世は自分のすべてを聖母マリアに奉献して、聖母信仰の厚い教皇だった。

「ファチマに初めて聖母が現れた同じ日時に、私が撃たれたということは意味がないとは思っていない。その意味を私も感じている」

と語ってもいる。

彼がドイツを訪問したとき、「ファチマ第三の預言」について公式発表をしている。

「二十世紀後半において、大きな試練が人類の上に下るだろう。民は神の恩恵を足蹴にし、各地において秩序が乱れる。

全人類の大半を数分のうちに滅ぼすほどの威力をもつ武器が作り出される。神の罰はノアの洪水のときよりも悲惨である。

偉大なものも小さいものも同じく滅びる。

火と煙が降り、大洋の水は蒸気のように沸き上がる。

これがすべて終わった後、世は神に立ちかえり、聖母マリアは御子イエスのあとに従った者の心を呼び起こす。キリストは単に信じるだけでなく、キリストのために公の場所で、その勝利を勇敢に宣言する人を求めている」

この文章はバチカンの記録保管所に保存されているが、それはルチアが聖母マリアから聞いた

「第三の秘密」と言われているお告げの一つである。

ヨハネ・パウロ二世はこの預言を回避するために、聖母に救済を祈り続けておられ、狙撃は覚悟されていた受難とも考えられる。命を取り留められた教皇は、二年後の一九八三年五月十三日の聖母出現記念日に、ファチマにお礼のための巡礼をされた。

秋田の催涙された聖母像

聖母マリアのご出現について書いてきたが、秋田市から北へ六キロの山深いところにある修道院、聖体奉仕会（秋田市添川湯沢台一）に安置された、涙を流したり、汗をかかれたマリア像として知られている、木彫りの聖母像のことにもふれておきたい。

一九七三年七月六日に、マリア像の右掌に十字架形の傷が現れ、血を流したように見えたのが始まりだった。

一九三一年生まれの、病弱で何度も手術を受けたシスター・アニエス（笹川かつ子）が、この修道院に身を寄せていた。一九七三年三月十六日に、シスター・アニエスは突然、聴覚を失った。そして、六月十二日に聖堂の聖母像の前で祈っているとき、不思議な光に気づいた。祈るシスター・アニエスに天使が現れ、聖母マリアのメッセージを取り次ぐかのように、シスターに言葉をかけた。七月五日には聖母像が血にまみれ、九月二十九日からは汗をかいて百合とバラの香りに包まれた。その後、一九七五年一月から一九八一年九月十五日まで、百一回にわたって涙を流された。涙の量も流れ方もまちまちであり、時間をおいたり、繰り返し流されたりした。

涙の意味と百一回という回数の意味を、聖母マリアは祈っているアニエスに伝えられた。涙はシスター・アニエスの苦しみと、世界の罪に関連がある。聖母は、一人でも多くの改心する魂を求めておられた。イエス・キリストと御父に捧げられる霊魂を望まれての涙だった。

「人類の罪をあがないなさい。近いうちに全快しますよ」

と聖母マリアは一九七三年七月六日に伝えられた。九月二十九日の一回目の発汗のときには、

「マリアは血の涙を流す以上に悲しい。汗を拭いてください」

と、折々にアニエスに言葉をかけておられる。

シスター・アニエスの聴覚は一九七四年十月十三日、一九八二年五月三十日と二回にわたって回復した。それは一九七四年九月二十一日に聖堂での礼拝中に、いつもの天使が現れて予告したことだったが、

「あなたの耳が聞こえるのはしばらくの間だけで、いまはまだ完全に治らず、また聞こえなくなるでしょう。聖主がそれを捧げものとして望んでおられますから……」

とも伝えられた。そのとおりに五カ月間だけ聴覚が正常に回復したが、また聞こえなくなった。

マリア像の催涙は、本当の涙のように流れ落ちたこともあり、目撃者は延べ五百人を超えている。しかし神からの超自然的なはたらきかけと理解せずに、アニエスの超能力によるもの、または精神病的なものと決めつける司祭や神父がいて、真実として認められるまでに、アニエスには厳しい試練が続いた。

私は一九九二年三月三十一日に、秋田から雪景色の残るなかをバスに揺られて修道院に行った。七十センチほどの小さな木彫りのマリア像である。マリア像を四カ月かけて彫り上げたのは、秋田に住む仏像や人物像の木彫り彫刻家・若狭三郎で、マリア像を彫ったのはこれが初めてだったという。素材はカツラで、薄赤茶色の木肌の柔和な表情だった。丸い玉の上に乗り、両手を前に差し伸べたお姿は、パリのメダル教会のマリア像の被り物を取ったお姿に似通っていた。しかし外国でのマリア像とは違っていて、和風の修道院のなかには特に祭壇らしいものもなく、ポツンと置かれていた。

この小さなマリア像を通じ、聖母はシスター・アニエスの病気と苦しみについて、清貧、犠牲、祈り、懺悔《ざんげ》について伝えられた。九年間にわたった全聾《ぜんろう》も天使の予告どおり完全に癒されて、その後も聴覚は全く正常である。

さて、前項のファチマでの聖母出現は五回あり、十月十三日のご出現が最後である。ここ秋田での聖母のお告げも十月十三日で終わっているのは、偶然のことと思えない。

ファチマでの聖母の「第三の秘密」は、ルチアによって教皇庁に伝達され、前項でもふれたがその内容は公式発表され、バチカンの記録保管所に保存されている。

秋田での聖母像からの最後の、シスター・アニエスに伝えられたメッセージは、恐るべき天罰の警告であり、ファチマでルチアに伝えられた厳しいお言葉とほとんど同じものだった。ファチマでのメッセージが東洋の片隅の秋田で、五十六年たって繰り返されたのである。聖母マリアは、秋田の御像を通して改心する人が出ることを願い、涙を流されたと思われる。

秋田の聖母像の現象は、認められるのに時間がかかったが、やがてバチカンから正式に公認されている。当時の東北大学教授匂坂馨《さぎさかかおる》氏は、涙の成分は人間と同じものであり、その血液型はO型と結論を出している。

カトリック教徒が少ないこの日本で、聖母像の涙の奇蹟があったことや、マリアさまが恐るべきメッセージを伝えられたことについて、考えなければならない。それはわずか四十数年前の出来事である。

共通しているのは、ご出現に立ち会った子供だけでなく大人の言うことを、初めは誰も信じなかったことだ。疑った聖職者や権威者たちからは厳しい試練を受けることになり、ご出現の事実や現象は、どの場合もすぐには認められてはいない。

やがて、ご出現されたマリアさまのお言葉が現実のものとなったときに、ほとんどの場合、ご出現に接した者はそのことを秘めて語ろうとはせずに、生涯を静かに修道女として神に捧げる道を選んでいる。

信仰心に厚く慎み深く、弱い人々に聖母は目を向けられている。それは、祈りが届いた証しとも思われる。

聖母マリアの家

古い話になるが、一九九三年十二月に私はトルコを旅行した。

古代都市遺跡のエフェソスを訪ねたときに、遠くアヤソルクの丘を眺めると、樹々の間から聖ヨハネ聖堂の柱が望まれたが、そこに聖ヨハネ（キリストの十二使徒の一人）の墓があると聞いた。

聖母マリアを一人残して布教に出るのがしのびがたくて、紀元前四〇年頃発展していたエフェソスに、ヨハネはマリアを連れてきた。マリアが十字架にかけられた我が子イエスと、ゴルゴダの丘で悲しい別れがあって以来、ヨハネは息子としてマリアを助けてきた。終始、母として愛し尽くして守ってきた。

それでこの地に「聖母マリアの家」があり、導かれるように私は訪ねていった。この家についいては、一八五二年に、十二年間病床にあり、エフェソスなど見たこともない寝たきりのドイツの女性が、突然天啓を受けて、マリアの最期の地について詳しく語った。一八九一年になってアラダア山中で、この女性の話とぴったりの礼拝堂が発見された。

建物はビザンチン時代のものだが、土台の一部は確かに一世紀のものとされている。一九六七年にはローマ法王パウロ六世が、一九七九年には、ヨハネ・パウロ二世もこのマリアの家を訪ね、祈りを捧げている。以来、キリスト教の聖地として、多くの人が訪ねるようになった。聖ヨハネはこのマリアの家で、晩年の聖母マリアと過ごしたのだろう。その家には、マリアのベッドの位置を示す緑色の敷石があった。

マリア像は、一年前に訪ねた秋田の催涙された木彫りの聖母像と大きさや姿勢がよく似ている。秋田のと違うのは、材質が白い石であり、立派な祭壇に祀られていることである。聖堂は小高い山の上の自然のなかに埋もれるように、静かにこぢんまりとたたずんでいる。階段を下りたところには聖水が流れる蛇口が三つある。それらは、子供がほしくても授からない人が飲むと希望がかなうお水だったり、病気の人のためだったり、それぞれの願いに合わせて、いまも人々から求められている。

聖母マリアのチントーラ

イエス・キリストの十二人の弟子の一人に、第八の弟子と言われる「トマス」がいる。トマスは頑固で、こうと決めたら自分の考えや主張を絶対に変えない人だったらしい。思考力があり、強靭な独立心をもっていたので、立派な指導者になって活躍したと伝えられる。トマスがキリストの復活を信じることができなかったので、キリストは釘で打たれた手や槍で突かれた脇腹をトマスに示して、はじめてキリストであることを認めさせたと言われる。トマスはほかの使徒に比べて、いちばん遠い国インドで伝道していたので、聖母マリアの最期にも埋葬にも間に合わなかった。当時どのようにしてインドまで行ったのか、また、風習も言葉も違う国での伝道は苦難だったろう。帰ってきたトマスは、マリアの姿を一目見たいと願い、墓をあけてもらった。

マリアは清らかな生涯を送ったので、身体も心もそのままで昇天した。そのため、墓にはマリアの面影をしのばせるものは何も残されていなかった。

聖母マリアは、キリストの復活を信じなかったトマスのことなので、再び疑いをもつだろうと哀れんだ。マリアは昇天の証しをトマスに示さなければと、天から彼のところに腰帯（チントーラ）を投げ与えられた。そのとき、天使の讃歌のコーラスが清らかに聞こえたと伝えられている。このチントーラは、フィレンツェの北にあるプラトーの大聖堂に大切に祀られている。聖母マリアの逸話のなかでも美しく、使徒トマスの性格を知り尽くされたマリアの優しさが現れている。

個人的なことながら、偶然にわが孫の名はトマ、綴りの最後のSを発音すればトマスという。使徒トマスについて書かれているものを読むと、性格が孫ととても似ている。トマスはインドに伝道のために行っているが、孫トマの父親はフランス国籍ではあるが出身はインドで、彼の父も母もインド人である。偶然孫にトマと名付けたが、使徒トマスと共通点が多いのに気づいてから引っかかっている。トマスはキリストの復活を信じなかったけれど、傷を示されてはじめて納得したという話は、孫を思うと、そのような場面があればやはりありうることとうなずける。

使徒トマスは、キリストに対する信仰が堅かった人物なので、孫トマがどんな生涯を送るかわからないが、トマスの名にふさわしい生き方をしてほしいと書きながら願ったことだった。

5　聖母アンマのダルシャン

前にも書いたことだが、父が亡くなって一、二年後まで、宗教的な指導者と信じて私は、父が後見人になっていた人の庵に通いつめていた。しかし、何か少しずつ違っているように思えてきて、それまでのようには一途に信じられなくなっていった。

先方もそれを感じられたのか、あるとき大勢の前で、私の名前こそ言われなかったが、明らかに私とわかる話をされた。

一九九七年十一月にさかのぼるが、その頃に知り合った友人がある。沈んでいた私の心にほんのり光をともしてくださった彼女だったが、片目を失明していて、もう片方の目も弱視なので本が読めない方だった。

心が通じあった彼女に、『人間の運命』を読んでもらえたらいいなと思うようになった。付き合いが深まるにつれ、その思いがふくらみ、『人間の運命』の朗読をして、プレゼントしようと思いついた。一九九八年のことだった。それから二年かけて『人間の運命』全十四巻をカセットテープに吹き込んだ。読めない漢字もあって、辞書で調べながら読んでいたが、時間がかかり流れが止まってしまう。そこで、物知りの夫の協力を得て、わからない字はそのつど夫に聞きながら、全巻を読み終えることができた。

雑音が多い東京での録音は思うようにいかず、静かな山荘で録音することが多かった。胸がつまって、つい泣きだしそうになりながら読んだところもあった。

カセットテープは第一巻から第三部第二巻「再会」の終章まで、九十分のテープで四十五本にもなった。感激した彼女は、四十五本もの膨大なテープを無駄にしたくないと思ったのだろう。

カセットテープは永久保存できないことを知って、簡単に作成できるCDにしてみたらどうかと考えて、パソコンの得意な知人に相談なさった。そして、試しに作った一枚の意匠の美しいCDを私にくださった。彼女はうれしくて、そのCDをほかにも何人かに見せたらしい。

けれどもCDは入る量が少ないので何枚にもなってしまい、経費や手間がかかり無理とわかり、あとが続かなかった。

その一枚を見た人が、売り物と勘違いしたのか、ほかの意図があってのことか、文子と彼に伝えたようだ。そして、二〇〇一年十一月二十八日、庵に集まった大勢の人を前に、

「著作権者の許可も得ずに、先生の著作を勝手に朗読してCDにした人がいる。『人間の運命』のCDが出回って売られているが、買わないでほしい」

と、このような話をされているテープを、ある方が送ってくださった。

初めは私のこととは思わず、ほかのどなたかも『人間の運命』を朗読し、販売されているのかと驚いた。けれどもよく聞いてみると私とわかるので、なぜ私に確かめもせずにそのようなありもしない話をされたのかと、苦しみ考えた。

友人のための善意のテープであって営利目的ではないし、娘が父親の作品を友人に朗読するのだからと安易に考え、著作権の許可など考えてもみなかった。そういう場合も許可が必要なのだろうか。

私が傷ついただけでなく、『人間の運命』まで傷つけられた。欲にまみれた次元の目で批判されて、父が知ったらどんなに嘆くだろう。間違っていたと気づかれたら、そのとき過ちを認めてほしかった。人にはそのように説かれているでしょうに。

もう何年も前に、『天の調べ』に、父はジャックの言葉として、

「君は、後見人なんて、やめるんだ。一人に、つきはなしてやれば、いいんだよ」

と言わせて、

「あのイトウ青年だって、神を代表するかのように、自負しているようだが、まだ、私という尻尾がついている。その私を、満足させるために、かくれて、人間らしい愉しみにふけっているよ(1)」

と書いている。父はすべて気がついていて、自覚をもって生きてほしいと、彼を何とかしたいと願ったが、思うようにはいかなかったのだろう。

この事件がきっかけになって心が離れていった。

存命のおやさまがこの事件を知っておられたのかどうか。ご存じないはずはない、私は試されているのかと迷い疑い、考えあぐねて過ごした。おやさまのお言葉は聞くことができないが、

「生きることが信仰。組織に入らなければ神を知ることができない、と思い込んでいるのは大きな間違い」

と言われたお言葉をかみしめた。

また庵の運営に、私のような存在はいないほうがよかったから、きっかけをつくって排除されただけのこと、とも思った。

何年かたったある日、天からの閃きのように、……父がその庵から離れることを望んでいた！……とひらめいた。瞬間、衝撃が走った。そうだったのか！　つらい仕打ちは、私に早く離れる決心をさせるためだった！

あの事件がなければ優柔不断な私は、いまもうやむやな気持ちのままとどまっていたかもしれない。あれほどの仕打ちは、決心がつかない私を急かすためだったと気づいた。

離れたいまでは、長くつらい日々も私には必要な修行だったと理解できるが、それは苦しく長い紆余曲折だった。

その頃、アンマの高弟シャンタージにご縁があって、話し合う機会を数回もった。アメリカ人でありながらインドのアンマ（お母さん）に傾倒して、アンマを紹介したり、その慈善活動を助けていた方だった。

その方との何度かの会話から、深い信仰に根ざした高い人間性に目を開かれたように、さまざまなことを教えられた。信仰についての私の疑問に的確な返答を得て納得できたので、苦しんだ問題も吹っ切れていった。話していて自分の愚かさに気づくことができた。

シャンタージは日本で勉強した若い日があって、日本語が堪能だった。彼を知ってから比べるわけではないが、長年信頼してきた方だったけれど、裏切られて終わったことのすべてに踏ん切りがつき、心がすっきり離れることができた。この広い世界にあって、小さな小さないじめにすぎないではないか。いじめるほうも平安ではいられなかっただろう。もう忘れようと思った。

あれから十数年過ぎたが、自分に必要なものは、時がきて与えられるものだと教えられた。いちばん求めていたときに、シャンタージのような方と面と向かって深い話をするチャンスを与えられたのは、私にとって奇蹟に近いことだった。振り返れば、播州の親さまか父が、シャンタージを遣わして私を助けてくれたように思えた。ありがたいことだった。

シャンタージが尊敬しているアンマとはどんな人なのか。弟子があれほどの高い人間性をもつのだから、その師はすばらしい人にちがいないと思った。

アンマは日本に毎年五月頃来日されて、来る人一人ひとりを抱きしめる行為によって、苦しみ、悲しむ人々に惜しみない愛を捧げておられた。

一九九九年五月、信仰問題のつらさに加えて夫が入院中というどん底のとき、私はアンマの来日を知った。入院中の父親を見舞うために二年ぶりに帰国した長女が、私の苦しい立場を知っていたので、シャンタージやアンマのことを話した。アンマはフランスにも毎年行かれて、ダルシャン（抱きしめる）の日はフランス全土から大勢人が集まると、長女は話してくれた。そして、

「一緒にいってみましょうよ」

と誘ってくれた。長女が日本にいる二週間に、アンマのダルシャンがあるというのも偶然とは思えなかった。私にとって絶好のチャンスだった。

その日、五月二十八日、早朝七時前に娘と家を出て、京王読売ランド会館に向かった。駅から会館を目指して歩いていくと、だんだん人が多くなり、館内に入ると何列かに並んで待っていた。期待と緊張を胸に並んでいると、十一時近くに順番がきて、気がつくとアンマの懐に飛び込んでいた。ふくよかに丸く温かな抱擁だった。一言二言、耳元でささやかれて、手のなかに飴を入れてくださった。インド式に敬愛を表現するらしく、娘はアンマの足先に額をつけていた。大きな愛を感じた。勇気を与えられた。まさに生きていらっしゃる聖母マリアの懐だった。

愛は惜しみなく与えられるもの、老いも若きも、貧しくとも汚くても、アンマにとってはみんな愛する我が子、「待っていたよ」と、朝から夜中まで、寝る間も惜しんで抱擁を続けられる。アンマはその人に起こっていることすべてに気づいて、把握しておられる。言葉はいらなかった。人懐っこいアンマの表情の目と私の目が合ったところで、小さくうなずかれた。

信仰問題、人間不信、夫の病気のつらさ苦しさなどを忘れることができた一瞬だった。愛は心のぬくもりにほかならなかった。

その後、三年ほど続けてアンマが日本に来られる日を待って、ダルシャンを求めて出かけていった。目を見つめたとき、心が通じあって、

「みんなわかっていてくださる。一年間頑張って生きていこう」

と勇気がわく。聖母の胸に体を預け、満ち足りて感謝している自分がいた。

アンマ（お母さん）または通称アマチ（尊い母）とお呼びしている聖母マーター・アムリターナンダマイー・デーヴィーは、一九五三年九月に南インド・ケララ州のクイーロン地域の小さな漁村で生誕された。私はアンマに抱きしめられたとき、まさに聖母の胸のなかにいるような気がしたけれど、実は私の長女よりも一歳お若いのだった。

若いときから癌や麻痺、ハンセン病などの病で苦しむ人々を癒してこられた。病気ばかりでなく、さまざまな問題で苦しむ人々を助けてこられた。初めは、周りの人々から罵られ、ひどい目にあわれた。八、九歳の頃に母親が病気になってからは学校にも行かず、家事一切から七人の兄弟の面倒や牛の世話まで、神聖な神の御名を唱えながらはたらかれた。兄は彼女の信仰に反対していたので、神の御名を唱えるたびに彼女に暴力をふるった。

アンマがどのようにして人を助けられたのか、その一つを紹介する。

ある日、頭から足の先まで膿で覆われたハンセン病患者がやってきた。耐えがたい異臭がして、人々が避けて通るその患者を、

「おお私の息子よ」

と言って抱きしめ、いたわるように水で洗い清めて、掌いっぱいの聖灰を何度も体中に擦り込まれた。患者は六週間定期的にアンマのところにきて、アンマは同じように手当てをされた。六週間後には膿が出なくなり、なおり始め、そして完全に治癒した。彼の皮膚に小さな割れ目を見つけると、それを口で吸い取り、翌日には割れ目がふさがっていたという。

このようなアンマの姿を聞くにつけ、私は幼いときに見た播州の親さまを思い出していた。親さまのおたすけもアンマのようにいたわられて、傷口を舐めたりなさって、灰ではなかったが、何か塗られていた。

また、アンマと播州の親さまとの共通の特徴は、お体がいつも震えておられることだった。その振動は霊性が高い至高の方と関係があるように思われる。

アンマは日に二、三時間しか寝るひまもないほど、来る人に愛情込めて抱擁しては、眉間に一瞬、指を置かれる。励ましの言葉をかけながら、その人の手のなかに花や飴を与えられる。病んでいる人には、悪いところに手をかざされる。どんなときも待っている人全員に、夜も昼も休む間を惜しんでダルシャン（抱擁）される。

それはインドだけではなく、求められるままに、世界中に出かけられてダルシャンされるようになった。過去四十数年間にわたって三千五百万人以上の人々を、母のような愛で抱きしめ癒し続けられた。こうして休みなく抱擁することによって、アンマは世界の苦悩と戦い続けておられるように見える。

インド国内では病院や孤児院をはじめ、老人ホーム、そのほか慈善活動もされている。二〇一一年の東日本大震災のときは、三日後にボランティアグループを仙台に派遣して食料と水を配り、両親を失った子供たちのために、みやぎこども育英募金に百万ドル（約一億二千万円）の寄付をされている。

二〇〇七年のアメリカCBSテレビでは、世界で最も影響力のあるスピリチュアル・リーダーの一人として、アンマはローマ法王やダライ・ラマとともに紹介されている。

ダルシャンを求める人々は年々増え続けるので、あるときから、さしあたって苦悩がなくなった私は遠慮しようと思うようになった。というよりも、長い間に神の存在意識が明確になって、ほかに神を求める気持ちにならなくなっていた。神は自分自身のなかにあると確信できたとき、もう頼るべき生きた救世主は必要なくなっていた。

ヒンズー教の神の概念では、神が天に君臨しているとは考えない。至高の神は、私たちの内面の最も奥深くにある核心であり、私たちが自分自身の心を制御し、穏やかにすることができたときに直接体験することができるものと説いている。

自分の神性を信じるようになったとき、この概念が理解できた。ここに至るための修行を、私は苦しみながらやってきた。

老年になって見えてくること、感じることがたくさんあることを体験している。年を重ねることは苦ばかりではなかった。年をとらなければ理解できないことがあるのを、この頃わかってきた。人それぞれの道を歩いて、耐えて、やっと平安な心に到達できる。父が九十歳になって神シリーズを書き続けた心境に、自分も近づいているような気さえする。

霊波というものがあるならば、自分自身のアンテナによって受け取れるようでありたい。ほかの人間に救世主を求めても迷うことになるだけだろう。自分自身を磨き、精いっぱい生きて、自分の神性を大切に高めていくことによって、神が近づくことをこの歳になって知ることができた。

播州の親さまの遺言はこれだ。

「人より外に神はない。人が神や」

同じ人間なのに、特別の衣をまとって権威を示し、人助けと称する人に惑わされてはならない。人は謙虚にそれぞれの立場で努力することである。播州の親さまの遺言どおりだった。人よりほかに神はいないのだった。

三千年前に地上生活を送ったという霊シルバー・バーチは、霊言集で、

「すべての人に神性が宿っていて、イエス・キリストは、その神性が極めて高い霊覚者である」と説いている。人として自分の神性を高めながら修行を積んでいけばいい。時がきて、やっと理解できることだった。

注

（1）芹沢光治良『天の調べ』新潮社、一九九三年、三三五ページ

6 母なるものに支えられて

私が四十代から六十代頃まで、家にはいつも犬がいた。練馬区に住んでいるので、犬の散歩でよく南蔵院まで歩いたものだった。いまはなくなってしまったが、その頃、正門横に赤子を抱いた慈母観音立像があった。観音像に手を合わせながら、天理教の教祖様はこの観音様よりも面長でほっそりされているのではと想像しながら見ていると、観音様がおやさまに見えてくる。青年の口を通して、父と一緒に存命のおやさまのお言葉を聞いていた頃である。声だけを聞いていたので、教祖様の風貌を想像することがあった。播州の親さまよりもほっそりしておられるような

気がしていた。

私は母なる教祖様、播州の親さまに身をお任せして、安心して抱かれて生きてきた。ヨーロッパの人には聖母マリアさまが敬愛される人類の母として、その御手で一人ひとりを慈しんで支えておられるように思える。聖母マリアさまは、私のなかでは二人の親様と同じように心に納まっている。聖母マリアご出現の状況のすべてを、また、涙を流されて悲しまれる聖母像も、真実のこととして受け止めている。

思えば、幼い日に播州の親さまによって神と呼ばれる存在が気になりだし、長い人生を通して見えない世界を少しずつ覗きながら修行して、人生の幕引きを考えるこの頃、やっと認識できるようになった。振り出しの播州の親さまのお言葉、「人が神」という解答に落ち着いた。すべて無駄なことはなかったのだと思う。

ここまで導いてくださったのは、支えてくださった二人の親様であり、いまも世界ではたらいておられる聖母マリアさまだった。そして、聖母アンマの胸のなかは、まぎれもなく聖母の慈しみの懐だった。

私にはみな等しく同一の慈しみの聖母であると信じられる。

人生のつらい節目節目に親さまに助けられ、聖母像に祈ることができた幸せは、「信じる者は救われる」の言葉どおりに乗り切ってこられた。無心にお任せするより仕方のないときが、生きるうえには何度かあった。祈りだった。

慈母観音様でもあり、わが母なる二人の親様！　聖母マリアさま！　その慈しみ深い腕のなかで赤子のように生かされている。

フランスの大きな病院には、小さいけれども必ずチャペルがある。その一隅には聖母マリアの立像がある。パリ北駅裏にあるパリ市の病院のチャペルには、ルルドの聖母マリアと、ひざまずいて祈る少女ベルナデットの像があった。聖地ルルドの大きな写真が像の後ろに飾られていた。そこには一人ずつ祈れる場所が用意されている。病を得て入院されている方が、ここにきて聖母に祈る姿が想像される。聖母なら苦しみ悲しみを癒してくださると、カトリックの人々はお願いする。その思いは、日本にいる私が親さまにすがり祈ることと同じだろう。

世界各地に出現されている聖母マリア、どこの国のどの人をも、同じように愛深く見守ってくださると思うと安らかな気持ちになる。

存命であり、永遠に生き続けていらっしゃる聖母を身近な母なるものに感じる。

柔和な聖母マリアに心を寄せて許しを乞う気持ちになったとき、世界はもっと穏やかなものに変わるだろう。


私たちが生きている世界は神秘性に包まれて、科学の領域では説明できない事柄があることがわかってきている。偉大なる存在があることを信じるか信じないかは一人ひとりの考えがあってさまざまだが、私は聖母マリアが存命のマリアとしてはたらかれている、と信じることができる。見えないから存在しないとは思えない。

「めでたし聖ちょう充ち満てるマリア、主御身とともにまします。御身は女のうちにて祝せられ、御胎内の御子イエズスも祝せられ給う。天主の御母聖マリア、罪人なる我らのために、いまも臨終のときも祈り給え。アーメン」

白百合幼稚園の頃、公教要理の時間に、わけもわからずマ・スールの祈りの言葉をまねてみんなで唱和したものだった。幼い日、お御堂のマリア像の前にひざまずいて一人で、

「めでたし聖ちょう」

と祈った日もあった。私の聖母マリアさまは、ある時期は播州の親さまとなって、またあるときは現実のアンマとなって、ここまでの人生でどんなに励ましてくださったことか。マリアご出現の聖地を訪ねて、過去に数々の奇蹟があった事実を知ると、人智を超えた何かにふれたように思う。

ヨーロッパのカトリックの世界では、パリの真ん中で起きた「メダル教会」の出来事を発端として、百年の間に次々に起きた聖母出現を、ひとまとめに「マリア出現群」と呼んでいる。それほどあちこちに姿を現されてきた。

マリアさまの存在を確信させるご出現が、世界中で疑うことなく受け止められていることは、その地を訪れてみれば納得のいくことであり、温かな気持ちに満たされる。

白百合学園同窓会では毎年暮れのある一日、一年間に天に召された恩師と同窓生のために追悼ミサがおこなわれる。ミサに参列しながら、聖母マリアさまの懐に迎えられるカトリックの雰囲気に、懐かしさを覚えながら祈る。教育の結果か、マリアさまへのあこがれからか、私には天理教よりも身近に感じられて、賛美歌を歌う自分がごく自然にそこにいた。

7　宗教について

信仰は人間には必要なものと思っている。信仰によって、大いなるものに身を預けて、気持ちを安らかに保つことは自然なことと思ってきた。不公平を感じたり、対人関係がうまくいかなかったり、苦しみやつらい立場に立たされたときに、自分を律して生きていかれるように、人は神様・仏様を求めている。

しかし、育った環境や性格から、宗教的なものを嫌って生き抜ける人もいるし、威勢がいい無神論者もいる。私の夫はどちらかというと、そのような方向の一人であると思っていた。頑固と思われるほど、宗教には耳を貸そうとしなかった。けれどもそのように見えながら、実は学生時代は仏教青年会に属していたし、晩年、私と聖地に行くようになった頃は『聖書』関係の本を読んでいた。私との会話に宗教や信仰に関する話題はなかったし、むしろ避けていたような気もするのだが。

いま思えば、彼は宗教には達観していて、あれやこれやとさまよう私のことを、「困ったものだ」と思っていたのかもしれない。

さて、私が育った家庭では、いくつかの宗教と関わりをもってきた。周知のように、父の両親は天理教一筋に生きて、すべてを天理教に捧げている。その環境に生まれた父は、幼い日に両親から捨てられたと思い込んで大きくなって、それは親の信仰のためだったと天理教に反発を感じてきた。けれども天理教的な考え方は身に染み込んでいたし、のちに天理教教祖伝を執筆することになったが、信仰には入らなかった。

父自身はカトリックに魅かれながら天理教につながりを持ち続け、仏教の名僧とも知り合い、ある時期には天理教二代目教祖と言われた播州の親さま（井出クニ）から助けられ、支えていただいた。そして最期には、無宗教で葬儀をと言い残して、無宗教によって天に還った。一つの宗教を選択するのでなく、偉大なる何か、サムシング・グレートを信じていたものの、おおらかに無宗教をと願ったと思われる。形式にとらわれなくても、偉大なる神に迎えられると考え、死に臨んで宗教的な形式などどうでもよかったのだろう。

母の父親（藍川清成）は岐阜県の由緒あるお寺で代々住職をしていた家に生まれたし、母親は、前にふれたが日蓮宗の敬虔な信者だった。それで母方の宗教は大まかに仏教に帰依したと言える。

母は播州の親さま一筋に、天照大神を親さまのおっしゃるように拝み、また、太陽に手を合わせる人でもあった。晩年病気になってから、天理教の教会長のお話を聞いて心の平安を得て、天理教の儀式にのっとってこの世を離れた。思えば父の両親が一生を捧げた天理教であり、父は敬遠してきた天理教だったが、母の晩年には助けられ支えられて送られたことに不思議な因縁を感じる。

このような家に生まれた私自身は、幼稚園から女学校までの十一年間をカトリックの学校で学んだ。けれども洗礼を受けることもなく、日本人のほとんどの人のように正月は神道、クリスマスになるとキリスト教というような、寺にも神社にも教会にも手を合わせて祈る、という生き方をしてきた。

『聖書』を読み、天理教の教祖についての本も読み、大人になってから聖母マリアに心魅かれて本を読みあさり、聖地を訪ね歩いた。

夫の晩年から死のあとの十数年は、天理教の月次祭にはお参りして、十二下りをおやさまに舞って捧げてきた。その折に、「鳴り物を習ってほしい」と言われたり、「修養科に行ってみないか」と教会の方に言われたこともあった。父母の知らないヒンズー教にも少し近づいた。

私は天理教のいいところを知ってはいたが、天理教徒になる気持ちは全くなかった。ただ、夫の晩年に助けていただいた教会長ご夫妻への感謝を、月次祭に参加することで表そうとしていたつもりだった。あるいは、おやさまを慕う気持ちがあったから、天理教に近づいたのかもしれない。

総じて、生涯一つの宗教にとらわれず、自由でありたいと思ってきた。それは過去の、宗教ではないといいながら組織化されつつあった、庵に通って得た教訓でもあった。のめり込むと外が見えなくなり、おかしなことが当然のように思えて、疑いをもたなくなる愚かさを経験したからだった。宗教については中道をいくのがいいと考えている。もし一つの宗教組織に属していたら、こんなに自由に生きてこられなかっただろう。

世界には、私とは縁がなかったイスラム教をはじめ、いろいろな宗教があるが、各組織はほかの宗教を認めようとしない。どの宗教も教えはすばらしいし、それぞれさまざまな修行があり、独自の儀式、法典、掟もある。しかし、どの宗教も頂上は同じところ、頂上に登る手段がそれぞれ違うだけにすぎない。人々は民族や暮らし方や環境、価値観の違いによって、入りやすい宗教に導かれる。その人に縁のあった教えを学び、神に救いを求めてよりよく生きることに努力するのが、人間なのだろう。現世での利益を、より多く手にしたいための信心であってはならない。

長い歴史のなかでは痛ましい争いもあったけれど、どの宗教も真剣に神を求めて、愛、平和、調和を大切なものとしている。結果として安泰を得られるのであって、宗教に現世の利益を求めても無理と思わなければならない。

それぞれの信仰を認めあい、高めあっていければいいのに、と思う。求める頂上の神は一つのものだからである。

その神が自分自身のなかにもあったと確信できた人は、もう宗教を必要と思わなくなり、宗教組織や神がかり的なものにわずらわされることもなくなるだろう。神そのものを自分のなかに見いだすことができれば、さまざまな宗教にひざまずく愚かさに気づくだろう。

いま、私は山の頂上に立って心の平安を感じている。頂上に到達するための苦しい道すがらを、母なる聖母にどんなに助けられ励まされたことか。私の道程、ここまでの年月を振り返って、慈母に支えられながら乗り越えた厳しい試練の数々を、すべて無駄なことはなかったと感じている。

8　死について

子供の頃は、人が死ぬ、ということが不吉に思われて、とても怖いことだった。

実際に「死」は忌み嫌われ、言葉に出すのも避けたものだった。近年「死」や「死の準備」など普通に話題にのぼるようになってから、一度は死ななければならない、と誰でも自分の問題として考え始めている。

「死」は身近にある現実の問題なのである。

身の周りで初めて死を体験したのは、母方の祖母（藍川しむ）の死で、悲しかったのを鮮明に思い出す。私が七歳の十二月のことである。祖母は名古屋にいて、一緒に暮らしてはいなかったが、しばしば我が家にきて気配りをしてくれていたので、家族のようだった。慈悲深い人で、大勢の妾の子を我が子として育てあげ、困っている人があれば手を貸さずにいられなかった。

知らせで母と名古屋に行くと、祖母は大津町の自宅の二階に安置されていた。私は怖くて遺体に近づかなかった。大雪のなかの盛大な葬儀で、たくさんの人に驚いた記憶が残っている。

私が敗戦後に大病をして臨死体験をしたときに、この祖母が川の向こうで手を振っていた。何人も手を振っていたなかで、祖母の顔だけがはっきりわかった。

あれ以来、友人知人、家族とたくさんの人を送ってきた。自分はあの大空襲にも命ながらえて、臨死からもこの世にとどまり、甲状腺や乳癌の手術も超えて、いま無事に八十余歳を生かされている。

死は誰も免れることができない、この世の卒業のように思える。臨死のときに見たあの幅の広い川を渡れば死であり、平常心のまま生から死に移される、と思うようになった。死は怖いことでも不吉なことでもない。

きちんと生きれば、それなりに楽に卒業させていただける。苦しまなければならない人は、生き方の清算をされるからで、仕方がないことだと思うようになった。

自死のように、与えられた命を自分で勝手に卒業したとすれば、次の世界で大罪を裁かれなければならない。私たちの生命は偉大なる神からの借り物として、卒業の許可が下りるまでは命を大切に全うしなければならない。友人や身内の死を何人も見てきて、自分の死について冷静に、「なるようになる」と思い、案じる気持ちがなくなった。

なかでも夫の死がいちばん身近で、私にいろいろなことを教えてくれたように思う。

亡くなる一週間ほど前に、夜、暗い庭を見ながら、

「ロンが庭に来ている」

と言った。飼い犬ロンは十年以上も前に死んだ、我が家で最後に飼った犬である。きかんぼうの犬だったが、散歩に連れて行く夫がいちばん好きだった。老いて歩けなくなり、もう散歩にも行けなくなったとき、湯たんぽを犬小屋に入れたりしていたわり、誰よりも世話をしたのも夫だった。

ロンが迎えにきている、と私は思った。夫もそう思ったのだろう。だから、私にはロンが見えないとは言えなかった。ロンが恩義を感じて、夫を守ってあの世に送り届けてくれる、と私には思えた。そして、本人にしか見えないけれど、誰でも安心してついていける人や動物が迎えにきてくれるのだろうと想像した。夫は亡くなる前日に、

「今日が危ない」

と、自分の死を予告した。痛みも苦しみもなくなって、穏やかな表情をしていた。その翌朝のまだ暗いうちに事切れた。死は静かに安らかに流れるように移ろっていくことを示してくれた。死は恐れることではない。

夫を送った二〇〇三年の秋、海外によく行く友人が、送ったばかりの私のことを思ってか、

「カナダに一緒にいきましょう」

と誘ってくださった。英語に堪能な彼女はいつも一人で好きなところに気軽に行かれるので、私はこれから一人で生きていくきっかけになるかと考えて、お誘いを受けることにした。夫も彼女をよく知っていたので、落ち込んでいる私より、きっと彼女との旅を喜んでくれるだろう。夫の笑顔が浮かんだ。

黄葉《こうよう》の美しいカナダを、友人と二人、気ままに旅した。彼女の友人の家に泊まったり、おいしいものをたくさん食べたりした。カナダ横断鉄道に乗って、展望車から日がな一日、カナダの山々や広々とした大自然を眺めながら過ごしたりした。青い空、ロッキーの大自然に圧倒された、幸せな二週間だった。

東京に帰る日の明け方、夢を見た。夢というよりも、昔の臨死体験のときのような、ありありとした世界を覗き見したような、現実を見た気がして目を覚ました。

一つの部屋に大勢集まって座っていたなかに、夫がいる。あの世に行く待合室なのだろうか。どうしていいかわからないという困った表情の夫のところに、突然どこからか私の父が現れた。「なんでお父様が?」と驚いて見ていると、父は一言も話さずに夫の手を両手で引っ張って立たせ、その部屋から連れ出すと、奥のほうへ遠くまで続く廊下のようなところを、夫の手を引いて歩いていった。二人の後ろ姿は、突き当たりの曲がったところで見えなくなった。

ああ、お父様が夫を天界に連れていったのだ! と悟った。

こうして私は帰る日の明け方に、夫が迷うことなく天国に行くのを見届けた。感謝の涙が溢れた。父は私にこれをはっきり知らせてくれた。

隣で寝ている彼女を起こして、いま見たばかりの夢の話をした。

「朝子さん、それ、夢じゃないわよ」

霊的な世界に造詣が深い彼女だから話せたのかもしれない。そして彼女は、

「よかったわね」

といって手を握ってくれた。

この初めてのカナダの旅は、父か夫からの「ご苦労さん」のプレゼントであって、いちばん伝えたかったことを、旅の終わりに伝えてくれたのだと受け止めることができた。父にも夫にも、また、カナダを案内してくれて、たくさんの思い出を残してくれた彼女にも心から感謝している。

父からのメッセージは、それからの私の生きる励みになった。

9　晩年の父

晩年の父は、

「ヨハネのような信仰者ではないただ神の方を向いた小説家にすぎない者に、とてもヨハネのような純粋な信仰告白など、書けるものではないと、深い絶望の淵に沈みそうだった」(1)

と、『神の慈愛』第三章に書いている。

いま読んでも父の苦しさが伝わってくる。その頃、書くために仏陀、イエス・キリスト、ときにはマホメットと諸聖人について勉強していたが、白内障のため見えにくくなっていたので、本を読むのは容易ではなかった。メガネをずらしたり、本を寄せたり離したりの仕草を繰り返すのを何度も見た。父は存命のおやさまのテープを聴いては考え、信仰に揺れた若い日を超えて神とつながり、信念が確固なものになっていった。出版した『神』シリーズが、読者に受け入れられ、読まれているのを知って、安心と自信を得て書くことが生きることになっていった。

思い返せばこれより三十数年前、世田谷区三宿に住んでいた頃、天理教教祖様を書こうと資料を集め始めていた。自分の父や母が生涯を捧げた「中山みき」におりた神は何か、イエスにおりた神と同一の神であるかどうか確かめたいと思っていた。けれどもそれ以上に、一九四七年九月六日に断食によって八十五歳で亡くなられた播州の親さま「井出クニ」と「中山みき」がダブって、真実を知りたい気持ちが強くなったのでは、と私は思っている。

両親様には関連があると、気持ちの底にいつもあったことは、実兄真一とよく論争していたのを幼いときから聞いていた。教団を批判しても教祖様「中山みき」は頭から離れずに、おやさま像が頭の中でふくらんでいった。

やがて、十年かけて四百字詰めで千五百枚にも達する宗教小説の大作『教祖様[2]』を、一つひとつ調べながら書き上げることになった。大変な仕事にはちがいないが、教祖様について知りたいと思う心躍る努力でもあった。

その根気と努力が、晩年の『神』シリーズを書く伏線となってつながったと思う。

九十歳を超えた頃から、それまでの父には見たことがない厳しい表情をしていることがあった。『神』シリーズを書くにあたって深く思索していたのだろう。同時に、耳がいっそう遠くなっていった。大きな声を出さなければならないので、内緒の話はできなくなり、大切な必要なことだけを聞く耳になっていた。

一九八九年六月に末の妹が家族揃ってスーダンから帰国すると、父と同居することになった。父は気を使うようになり、それまでは遊園地のスピーカーのような音量でテレビを見ていたのだったが、遠慮したのかテレビも見なくなった。時がたち、私も年とともに耳が遠くなっている。娘たちの見ているテレビは私には聞こえず、父の立場がいまになっていたいほどわかる。以来、父はまさに聖人のように人間的な欲を切り捨てて、人の思惑さえ気にせずに、力のすべてを作品だけに注いだ。耳が遠くなったことで、雑音も聞こえず、嫌なことも耳に入らずに過ごせる、と言ってかえって感謝していた。

父は何もかも超越し、苦労を苦労とも思わず、あるがままを黙って受け入れていた。お水を求める方にはお水を渡し、人を励まし助けていた。一方、

「年をとって生きるのは大変だ」

とときに私にもらすこともあった。父自身が助けてほしいと思うこともあっただろう。

一九九二年二月末に父は重いカゼをひいた。元気に仕事をしていたのに、カゼをひいたことで急に九十五歳の年相応に老け込んでしまって、体を小さく丸めて座っている後ろ姿を見るとショックを受けるほど、元気をなくしていた。絶えず流れる鼻水を鼻にハンカチを当てて押さえ、かつて喘息があった父は、喉までゼイゼイいわせていた。

父が初めて喘息の発作を起こしたときのことを、私は思い出していた。東中野に家を建て始めた頃だったと思う。ある晩、胸を押さえて咳き込むと、苦しそうにうめいて、息も絶え絶えになった。

中年過ぎてから喘息が起きる人もいると医者は言い、慰めるつもりか、結核の人は喘息にはな

らない、と付け加えた。

「もう結核の心配はいらないということなのか」

父は苦しみながら眩いていた。

それから季節の変わり目というと発作が起こり、夜、苦しむ父の背中を母はさすってやわらげようとしたが、発作は家族のすべてでも苦しい思いにさせるつらいものだった。

父のカゼは一週間しても十日たってもよくならず、好きな風呂に入る気も起きないほど弱っていった。それでも、朝になれば這うように二階の寝室から下りてきて、家族と同じ食卓につくのだった。食事が終わると、居間の楽な椅子に深く腰掛け、いびきをかいて眠り続け、自分のベッドに戻って寝ようとはしなかった。

ある夜、末の妹が父の病状を見かねて、三八度を超えた体温計が廊下に落ちていたので熱もあるようだからと、夫に相談の電話があった。神に任せた文子は父の病気に動じることなく、次の仕事にかかるための一つの修行と理解して、父とともに戦う姿勢だった。それは末の妹にしてみれば気が気でなかった。同じ屋根の下で、妹二人は父への対応が違っていた。

食事中の父の手が震えるので、箸やスプーンが皿に当たり、カタカタ音をたてた。その音を食卓を囲む一人ひとりが、いたたまれないつらい思いでシーンとして聞いている。それぞれ父のことを思いやっていた。そのことを察している父には、どんなにつらい食事だったことか。それは、食事のたびに繰り返される。

夫は、科学を志したものとして神シリーズを読んでも、何年もの間存命ではたらくということがよくわからないでいた。信仰に関する問題では、夫と私の間に距離があった。私は無理にわかってもらいたいとは思わなかったし、説明することもしなかったが、青年が現れてからの七年間に、少しずつ彼の気持ちが変わり、おおらかに受け入れられるようになっていた。

夫を変えたきっかけは、パリに住む長女からの手紙だったように思う。パリでのキリスト教の環境のなかで、またユダヤ教の弟子がいたので、週一回よこす手紙のなかで現実や信念についてこまごま書いてきていた。愛する娘が書いてくることは、頑固な彼のなかにもすんなりと入ったのだろう。過去を振り返ると、彼の宗教観は、すべて無理なくいい方向に動いたと思う。

「いいお医者さんに見てもらいたい」

という妹の電話に対して、科学一辺倒だった昔の夫なら、もちろんそれに応じて病院を紹介しただろう。しかし、

「普通老人は体温は低いものなのに、年とって高熱を出すというのは若い証拠。手が震えるのはカゼのせいで、カゼが治れば自然に落ち着くだろう。病院に連れて行けば即入院、検査検査で退院できなくなってしまう。年を考えれば自然に治すのがいちばん。もし大変なことになってしまっても、それは寿命なのだから」

と、医者としての自信にも裏づけられて説得力があった。そして、騒がず静かに見守ってあげるのが、老いた父へ何よりのことだと答えていた。私もそう思ったので、夫の返答はとてもありがたかった。

父のカゼは治るまで日数がかかり、治ったと思うと下痢が始まり、代われるものなら私が代わりたいとどれほど思ったことか。一方で、不思議なことにこの病気の間中、父の食欲は衰えなかった。熱があるとは思えないほど食べることができた。九十六歳の父を支えたものは、自分の使命である天の書を書き上げなければ、という気持ちだった。熱に負けてベッドで寝てしまったら、再び起き上がれないとでも思ったのだろう。苦しげな痩せた小さな後ろ姿を見るのは、とてもつらいことだった。

父は、間もなく全快した。真冬のいちばん寒い時期のあのカゼは、いったいどんな意味があったのだろう。

若い頃から父は、自分に厳しい人だった。苦労して育った体験から、人には寛容で、包容力をもって接していた。その下地があって、父の神性は晩年に霊覚者として開花したのだと思う。

そのような聖人のような父であっても、肉体は人間としての弱さや老いには勝てなかった。晩年の思い出の一つとして、二十年以上たってもそのときの不安な状況が鮮明に残っている。父は老体を病みながら『神』シリーズを書き上げて、それから一年一カ月後に天に迎えられたのである。

注
（1）前掲『神の慈愛』七七ページ
（2）芹沢光治良『教祖様』角川書店、一九五九年

10 『芹沢光治良戦中戦後日記』

二〇一五年三月の命日に、戦中・戦後のつらい日々を書き留めた父の日記が発刊された。

現在、戦後七十年、安倍晋三首相が主張する安全保障関連法案が、憲法違反だと批判されながら通過し成立してしまった。民主主義と平和主義の崩壊を目の当たりにした不安な状況である。憲法九条を変えるのは当然のことのように主張する人もいる時勢にある。

具体的に戦争を知らない方々に、特に、若い人やこれからの政治家に、この『芹沢光治良戦中戦後日記』[1]を読んでいただきたいと、戦争体験者の私は願っている。戦争は弱い人ほど苦しまなければならないし、人間を変えてしまうことを見てきた。

日記には、街に品物が少しずつなくなり、食べ物が不足していく様子、お腹がすいていやしくなる人間の姿がたくさん書かれている。そして敗戦に至るまでの、緊迫した生活のさまざまな背

景が描かれているので、戦争とはこういうものだと知っていただきたいと思っている。

娘として、日記は公表してほしくなかったと思う部分もあった。

苦しい時代だったから抑えられなかったのだろう。父の頑固な、優しさに欠けた不満が、ぶつけるように書かれている。

父のことを尊敬し信頼してくださる大勢の読者のことを思うと、悲しい気持ちになった。自分に厳しい父は、自分と同様の厳しさを母にも求め、品格のある暮らしを願っていた。毎日の食べるものが不足していくので、物に困ったことがない母は、その日を生きることに精いっぱいで、愚痴にもなっただろう。それまで家事をしないできて、家のなかを切り回すすべを知らなかった。

母の立場を考えると苦しくなった。私が母の立場だったら、早々に逃げ出していたと思う。

終日家にいる夫が気難しくて、筆が進まないと、無口になって機嫌が悪くなる。家には、時もわきまえず毎日人が訪ねてくる。夫の父や大勢の兄弟は、何かというと立ち寄っていく。

母は童女のような人だった。思ったことをはっきり言い、胸に納めておけない人なので、自分では気づかずに人を傷つけてしまったこともあったかもしれない。でも悪意があったわけではなく、根はお人よしな世間知らずだった。

たぶん母は、子供たちには優しくて可愛がる夫だから、気難しくても我慢したのだろう。

乗り物酔いが激しい母は、終生外出をすることがなかった。名古屋に帰りたくても、妾の子たちが待ち受けている家には帰れない。行くところがない母は誰にも話を聞いてもらえず、ストレスを発散する場所がなかった。

母の弁護をしてきたが、実は私は、終生父親っ子だった。妹二人に手をとられる母親を敬遠していたところもあり、自然に父は私の母親役もしてくれることになった。そのため、日記にぶつけた父の心が、わからないわけではない。

母の忍耐や、女として母の立場がわかったのは、結婚してからのことだ。そして自分が母親になって、母の一生を冷静に見て理解することができた。母を超えることは到底できないとわかった。

自分のすべてを家庭だけに捧げて、自分の楽しみは返上しての生涯だった。

平和な時代になり、父も母もそれぞれ忍耐を重ねて、お互いを理解し許しあう穏やかな晩年が待っていた。高齢の父が、病気になった母をかばう姿は本物だった。父は生まれながらの篤実な人間というわけでなく、生きることで修行して、書くことによって昇華できたと思う。生きた証しとして作品を残すことができた。

敗戦後に私は大病をした。

国家に洗脳されるままに体力以上の勤労を要求されて、勉強は取り上げられ、落下傘を縫っていた。疎開して小諸高女に転校してからは、山荘と沓掛（中軽井沢駅）間の往復五、六キロほどを歩き、殺人的に込み合う汽車に乗って、通っていた。小諸で下りれば、地下工場の建設とかで、穴掘りの労働が待っていた。栄養失調と過労が重なり、大病の原因になったのは当然のことだった。そのうえ、少女の心に敗戦は大きなショックを与えた。

死ぬところを助けられた戦争被害者だった。

大病の経過は父の日記によって、晩年になったいま初めて知ることになった。危篤の私が、

「神様に助けてもらいます」

と父に言ったと一九四五年九月二十九日の日記に書かれていた。

神様に助けていただけたのは、父の祈りが通じたのだろう。大自然の神がもみじを真っ赤に染めて、それを見た私が火事かと驚いて叫び、その自分の声で意識が戻った。大自然の神がはたらいたとしか考えられない。うわ言どおりに神様に助けていただいた。恩寵だった。

病気の間いつも、私の隣には手枕で横に寝ていてくれた父がいた。考えてみれば、八十代前半までの父は、いつも私の心の片隅にあのようにいてくれて、助け守ってくれたように思われる。

戦中・戦後の苦しいときを、身を捨てるように動いて、娘たちを守って食べさせてくれた。いつも娘たちの将来のために行動を惜しまなかった、かけがえのない父だった。

丈夫とはいえない父が戦中・戦後の苦しい時代を生き抜いてくれて長寿を全うしてくれたことは、偉大なるはからいであり、お役目があったからなのだろう。日記を読んであらためてそう感じた。

注

（1）芹沢光治良『芹沢光治良戦中戦後日記』勉誠出版、二〇一五年

あとがき

夏の軽井沢に来て書き始め、山荘に来るたびに書き加えながら、いま、紅葉に包まれて書き終えた。山荘にいるとその気になるが、東京に戻ると日々の生活にかまけて書こうとも思わずに忘れて過ぎていた。

父に書かされたようにさえ思える。

これまでいつも神なるものに近づきたいと思ってきた。あれこれ寄り道をしながら体験もしてきて、自分なりに落ち着くところに達したような気がしている。

父と別れた直後、考えてもみなかったたくさんの悲しみに襲われたが、自分の信念に忠実に、父と問答しながら、人にも助けられて、すべてを受け止めてきた。あの体験があって人間の小ささを知り、「負けるが勝ち」と、昔、播州の親さまがよく口にされていたお言葉の本当の意味がわかった。

いま、枝を渡る静かな風の音を聞きながら、父が私に遺してくれたこの山荘で、ハラハラと舞い散る紅葉の葉にいい知れぬ感動を覚える。静かなそよ風に舞う一枚の葉、神なるものを感じる一瞬である。

「大自然が神」と晩年に言った父。そのようにこの自然の移ろいのなかにも神が宿り、この風の音に神の息吹を感じ、落ち葉の上を踏みしめる足音に、自然からのささやきを聞き取る。太い樹木に耳を当てると、確かに生きている音が伝わってくる。すべての樹木に命が宿っている。黄色になったり紅になったりして、生きるすばらしさをこの樹たちが堂々と主張しているように見えてくる。

人の一生は何と山坂の多いことか。この樹木たちも同じだろう。それでも耐えて、秋になればこのように美しく紅葉して癒してくれる。赤くなったもみじの木を仰ぎ見ながら、回想はつきることがない。

大自然への感謝、ここまでに受けたすべての喜び悲しみにも感謝しながら、これから何が起きるかわからないが、つらいことにもめげずに、穏やかな平常心を持ち続けて、残された日を生きていきたい。あるがままにすべてを受け入れて、自分らしく生きていきたい。

書くことは、身も心も裸になるようなもの。ためらいもあったが、正直にここまでのことを書くことで、さまざまなこだわりから抜け出せる気がしている。

事実を書くことでもしも傷つけてしまった方があったら、心からお詫びをしたい。ありのままを書いておきたいと思った。二人の親様も許してくださるだろう。

生きるうえで、いつも根底にあった聖母への憧憬と感謝をまとめることができた。

世界に、日本に、「聖母マリアさまの生まれかわり」としての二人の親様やアンマを感じてきた。

人間を助けたい、救いたいと願われる神のおはたらきの根元の一つなのだろう。大なり小なりの、人間修行の過程を耐え抜くのを見守って支えてくださる聖母の存在を感じてきた。実際に遭遇した播州の親さま、存命のおやさまの具体的な真実のお言葉、そして、抱きしめて愛を与えてくださったアンマのこと。事実を書いて残すことができた。

言葉たらずや表現の不十分なところ、独りよがりなところをお許しいただきたい。いま、肩の荷をおろした安堵をおぼえている。

最後までお読みいただき、ありがとうございました。

長い間、私の泣き言を聞いてくださった梶川敦子様、ありがとうございました。いつも明るく受け止めて、なだめていただいてきた。そして、青弓社の矢野恵二様には数々のご助言だけではなく、私には思い及ばなかったご指摘もいただき、ありがたかった。安心して委ねることができたことを幸せに思っている。

この場を借りて、お二人に感謝を申し上げたい。

二〇一五年秋

野沢朝子

1974 年 9 月 25 日　フランス大使公邸
コマンドール・デ・ザール受賞　右、芹沢文子

東中野自宅 1989 年

参考文献

芹沢真一『心のはらい』第一巻「神さまのこと」、朝日神社友の会、一九七三年
神澤道一『立教九十年祭御挨拶』一九九七年（平成九年）四月
浜田泰三『天理教――存命の教祖中山みき』（新宗教創始者伝）、講談社、一九八五年
犬養道子『新約聖書物語』新潮社、一九七六年
犬養道子『聖書のことば』新潮社、一九八六年
『聖書美術館2　新約聖書1　イエス・キリストの生涯』毎日新聞社、一九八四年
『聖書美術館3　新約聖書2』毎日新聞社、一九八五年
『聖書美術館5　聖書の旅』毎日新聞社、一九八五年
植田重雄『聖母マリア』（岩波新書）、岩波書店、一九八七年
石井美樹子『聖母マリアの謎』白水社、一九八八年
G・カミンズ『霊界通信イエスの弟子達――パウロ回心の前後』山本貞彰訳、潮文社、一九八八年
川原田耕『我がメキシコ見聞録――首都警備総監は『超』親切だった』聖公会出版、二〇〇〇年
鶴見俊輔『グアダルーペの聖母』筑摩書房、一九七六年
J・K・ユイスマンス『ルルドの群集』田辺保訳、国書刊行会、一九九四年

田中澄江文、菅井日人写真『奇蹟の聖地ルルド』講談社、一九八四年
安田貞治『日本の奇跡　聖母マリア像の涙――秋田のメッセージ』エンデルレ書店、二〇〇〇年
矢作直樹『人は死なない――ある臨床医による摂理と霊性をめぐる思索』バジリコ、二〇一一年
矢作直樹／村上和雄『神（サムシング・グレート）と見えない世界』（祥伝社新書）、祥伝社、二〇一三年
池上彰『そうだったのか！中国』（集英社文庫）、集英社、二〇一〇年
スワーミ・パラマートマーナンダ原著、マーター・アムリターナンダマイー・ミッション・トラスト著
『アンマとの出会い Ammachi――インド巡礼～自由への道』渡辺雅子訳、知玄舎、二〇〇四年
スワーミ・アムリタスワルーパーナンダ『マータ・アムリタナンダマイの伝記』日本マーター・アムリターナンダマイー・センター、一九九四年
マーター・アムリターナンダマイー『愛する子供達へ』日本マーター・アムリターナンダマイー・センター、二〇〇四年
ファチマ案内とパンフレット
グアダルーペ寺院案内とパンフレット
アンマ来日プログラムのチラシ（二〇一〇年から二〇一五年まで）

アンマの紹介パンフレット

地球の歩き方編集室編『地球の歩き方　ポルトガル』ダイヤモンド社、二〇一二年

おわりに

『導かれるままに』を出版してから五年経ちますが、その間にも思いがけないことがありました。その中からありがたく嬉しかったことの2つを加えて終わりたいと思います。

「はじめに」で書きました井手住職様が、沼津の墓地でおつとめをしてくださいましたし、軽井沢山荘でも父のためにすばらしい経をあげてくださいました。山に響き渡る経は、私がそれまでに聞いた経の域を超えていました。私の好きなオペラで、名バリトン歌手のアリアの詠唱を聴き終えた時のように胸をうちました。その時父は山荘に来ていると確信できました。歌唱がすきだった父も、きっと受けとめたに違いないと最高の供養になりました。

もう一つは、『導かれるままに』の本を、シャンタージを通してアマチにもお届けしていました。いつの日にか見て頂くだけでいい、という気持ちでした。二〇一六年年七月四日、突然シャンタージから電話がありました。本を読んでくださったことと、「ダルシャン会場は人が多いから、空港に来られませんか？　アマチの来日は秘密になっていて誰も知らないから」と声をかけてくださいました。

七月十七日成田空港で、アマチが出ていらっしゃったのは十六時十五分、出迎えたのはシャンタージと信徒2人に私だけでした。アマチは外人の信徒2人をお連れになっただけで、にこやかにいつもの服装で歩いてこられます。私はシャンタージから受け取った生花のレイを、アマチの首にかけさせて頂きました。

空港でのアマチの温かな胸の中でダルシャンを受けることができ、接吻もしていただいて言葉をかけて頂きました。天にも昇る幸せな祝福でした。愛深い生きた聖母はこれからも私の中にいてくださいます。世界中の人のために、いつまでもお元気でと心から思いました。

さてこれから『父、芹沢光治良、その愛』が、私にどんな新しい風を送ってくれるのでしょうか。とても楽しみです。

末筆になりましたが、明窓出版の麻生真澄様にはお世話になりました。心より感謝申し上げます。

お読みいただきありがとうございました。

令和二年春

野沢朝子

娘に

芹沢光治良（出典：それいゆ　14號　昭和二十五年八月三十一日発行　ひまわり社）

婚期だというようなことは考うべきではない。女は結婚することが幸福だと、普通考えられているが、女だからとて、結婚ばかりが幸福ではなかろう。ともかく今のうちは、好きなように、フランス語や英語やピヤノや洋裁やなんでも勉強するのもよかろうが、一生つゞけて行こうとした勉強を、このために失ってはならない。近頃君が週二回高校で国文学の先生をする決

心をしたのは、その点、いゝことだろう。

奨来結婚する時、この人とならば幸福になるだろうというような考え方で、対手を選んではいけない。この人とならば苦労をともにして悔いないというような人を選ぶべきだ。そして、結婚してからも、一時勉強を中絶しても、できれば勉強をつゞけるように努力するがよい。

君の姉が結婚する時に、結婚後ピアノの勉強をつゞけさせてもらいたいと、婚家に申出たことがあつたが、そしてその条件で結婚したが、近頃では、病院の経営がいそがしくて、ピアノ練習どころではないと、笑つている。ピアノの練習のできないことが、姉には不満ではなさそうである。結婚というのは、そうしたものだ。しかし、病院の経営にもなれ、人手もふえたりして、自由の時間ができれば、姉もまたピアノの練習をはじめるだろう。姉のピアノは君の国文学だろうから、これだけ話せば通ずるだろう。

ともかく、お嫁さんになるための修行などを特別にすることはない。個性のない万人向きな女性になるよりも、しっかりした一人の人間になること——そのために、君の今しているピアノやフランス語や英語などが活用されればいゝが、ただの装飾品であれば、たゞの時間つぶしである。花嫁のための芸ごとほど、無用で愚かなことはない。

父《ちち》、芹沢《せりざわ》光治良《こうじろう》、その愛《あい》

野沢朝子《のざわともこ》

明窓出版

令和二年三月三十一日　初刷発行

発行者――麻生 真澄
発行所――明窓出版株式会社

〒一六四―〇〇一二
東京都中野区本町六―二七―一三
電話　（〇三）三三八〇―八三〇三
ＦＡＸ（〇三）三三八〇―六四二四
振替　〇〇一六〇―一―一九二七六六

印刷所――中央精版印刷株式会社

ISBN978-4-89634-413-4

著者略歴

野沢朝子（のざわ　ともこ）

1930年1月20日、東京生まれ　父は芹沢光治良

1946年、白百合高等女学校卒業

1949年、昭和女子大学国語科卒業